»Uns trennten Welten und doch nur fünfzehn Tramminuten.« Sie leben in Zürich, doch Vater und Tochter haben keinen Kontakt. Erst als sich beide an einem Wendepunkt befinden, gehen sie aufeinander zu: der »Bürobiedermann« Kaspar Steinbach und die nichtehelich geborene Julia, die soeben ihr Studium abgeschlossen hat. Was sie mit ihrem fremden Vater erlebt und von ihm zu hören bekommt – unter anderem die Geschichte ihrer Entstehung –, ist für die junge Frau so abenteuerlich und verwirrend, daß sie es aufschreiben muß ... »Das Dokument einer Irritation ... ein kleines Juwel von kaum 140 Seiten Länge, eine Lebensmelodie ohne einen falschen Ton.« (Lutz Hagestedt im ›Rheinischen Merkur‹)

Markus Werner, geboren 1944 in der Schweiz, lebt in Schaffhausen. Weitere Werke: ›Zündels Abgang‹ (1984), ›Froschnacht‹ (1985), ›Die kalte Schulter‹ (1989), ›Bis bald‹ (1992), ›Der ägyptische Heinrich‹ (1999), ›Am Hang‹ (2004).

Markus Werner

Festland

Roman

Deutscher Taschenbuch Verlag

Ungekürzte Ausgabe
Juli 1998
5. Auflage Dezember 2004
Deutscher Taschenbuch Verlag GmbH & Co. KG,
München
www.dtv.de

Umschlagkonzept: Balk & Brumshagen
Umschlagbild: ›Auf der Mauer‹ (1993) von Günter Firit
Satz: Schaber Satz- und Datentechnik, Wels
Druck und Bindung: Druckerei C. H. Beck, Nördlingen
Gedruckt auf säurefreiem, chlorfrei gebleichtem Papier
Printed in Germany · ISBN 3-423-12529-2

1

Fort, aber wohin. Hierhin natürlich, in die Arme eines entschiedenen Frühlings. Durchwärmt, wie ich bin, schaue ich staunend zurück, und je höher die Sonne steigt, desto ungläubiger werden die Augen – so wie jene des Wanderers, der über dem Nebel steht, in dem er eben ging. Ich atme, ich atme aus.

Mitte März, nach einem übertrieben zahmen Winter, wurde es eisig. Man fror. Man bedauerte sich und die Knospen und hatte ein Thema. Oder hätte eines gehabt, wäre man unter die Menschen gegangen und nicht versiegelt gewesen. Wenn es schon schwerfiel, morgens die Vorhänge zu öffnen, wie undenkbar war dann ein Händedruck, gar ein Gespräch. Meistens lag ich. Und während ich sonst, um zum Telefon zu eilen, sogar das Bad verließ, gelang es mir jetzt wegzuhören, und das Geräusch des von der Stuhllehne gleitenden und auf den Teppich fallenden Pullovers erschreckte mich mehr. Aber daß Josef seit Wochen aufsässig war und für meinen Wunsch nach Absonderung kein Verständnis hatte, nur einen Fachbegriff – dies überschwemmte mich mit Unmut. Ich mußte fort. Ich mußte aktiv werden, um passiv sein zu können. Falls Josef meinte, mein reduzierter Biotonus – so seine Diagnose – verwandle mich in eine Puppe, die er bequem umhalsen konnte, dann irrte er. Ich habe immer, von meiner Schwäche für weiße Schokolade abgesehen, einen starken Willen gehabt, in der Sprache der Männer einen Kopf aus Granit, und so erschöpft, daß ich mein Verlangen nach Ruhe und Rückzug nicht hätte durchsetzen können, wenn nötig durch Flucht, war ich nun auch wieder nicht. Allerdings, gleich nach der Prüfungsfeier in der Aula hatten mich alle Kräfte verlassen, ich war auf Josef angewiesen und auf den Handlauf des Treppengeländers, um meine Wohnung zu erreichen, wo ich zusammenfiel und mich als zuckendes Nervenbündel durch Nächte und Tage heulte. – Aber seither war fast ein Monat vergangen, ein dumpfer, schlafreicher Monat; der Körper folgte mir jetzt wieder, wenn auch bedächtig, da er nur zögernde Befehle hörte. Es ging besser, und wäre es gelungen, mich zu entriegeln und meine Menschenfurcht zu überwinden, ich hätte mich als fast schon wiederhergestellt empfinden dürfen.

Ich stand am offenen Fenster. Eisluft, gelassen fallender Schnee. Fort, aber wohin, sagte ich laut. Es dunkelte. Erfolgreich hatte ich mein Studium beendet, jetzt beugte ich mich aus dem Fenster und begriff jeden Freitod. Ich füllte die Bettflasche, drückte sie an die Brust und ging mit wiegenden Schrittchen umher.

Kurz nach elf, ich lag noch wach, lärmte das Telefon wieder. Wirklich, ich hatte einen schmerzhaft unsensiblen Freund. Sekundenschnell wuchsen mir Stacheln, ich sprang auf, nahm ab und schrie: Ich kann nicht mehr! – Am anderen Ende ein Räuspern. Josef? Josef hätte gelacht oder Hoppla gerufen. – Ich auch nicht, sagte eine sanfte Stimme, bist *du* es, Julia? – Wann hatte ich die Stimme das letzte Mal gehört, vor wieviel Jahren? Ja, sagte ich, entschuldige, was ist passiert? – Ich weiß es nicht, sagte mein Vater, ich möchte dich sehen, es wäre wertvoll. – Ich schwieg. Nie war mir uneinheitlicher zumute, und trotzdem hörte ich mich schließlich sagen, zu schroff vielleicht: Ich bin am Verreisen. – So, sagte der Vater, ich eigentlich auch, und wohin geht die Reise? – Wahrscheinlich südwärts, sagte ich, und deine? – Mein Vater hustete und sagte dann: Wahrscheinlich weg vom Festland. – Das tönt nach Kreuzfahrt, sagte ich. – Wirklich? fragte mein Vater. Wir schwiegen, ich war ratlos. Endlich sagte der Vater: Ach Julia. – Sofort erkaltete ich. Hinter Gefühligkeit, vor allem der männlichen, konnte ich immer nur Alkohol wittern, Selbstmitleid und letztlich Erpressung. Hast du ein wenig getrunken? fragte ich, und da ich mir Mühe gab, die Frage in einem belustigten und gleichsam großmütigen Ton zu stellen, kam ich mir heuchlerisch vor. – Es steht dir frei, mich zu verachten, sagte mein Vater, es steht dir vielleicht zu, außerdem trinke ich Tee. – Wann soll ich kommen? fragte ich. Der Vater, als befürchte er, daß ich mich umbesinnen könnte, wenn er sich für die Antwort auch nur zwei Augenblicke Zeit ließ, sagte rasch: Am liebsten bald, morgen, morgen mittag? – Übrigens sei er umgezogen, vor einem Jahr, und wohne jetzt auch in der Stadt. Er nannte die Adresse. Uns trennten Welten und doch nur fünfzehn Tramminuten. Daß jedes Haus eine Hausnummer habe, sagte der Vater noch, finde er irgendwie rührend. Mir war sehr bang.

2

Der Ort heißt wunderlicherweise Orta. Einer mit Augen habe ihn einst, sagt mein Vater, ein Aquarell Gottes genannt. Aber, hat Vater gesagt und mir den Schlüssel förmlich aufgedrängt, ich fahre nicht mehr hin, ich möchte mich nicht mehr bewegen, und hätte ich Jünger – hier ist die leise Stimme des Vaters lauter geworden –, sie schwärmten nicht aus, sie säßen und ruhten beispielhaft. Trotzdem, so weiter mein Vater, Orta wird dir gemäß sein, lüfte und belebe die Wohnung, und wenn du sie von meinen Spuren säubern willst, tu es, sie ist dein Eigen, du schaust als Erbin aus dem Fenster, hinab auf die Piazza oder hinaus auf den See und die ovale Insel. Den Sacro Monte siehst du nicht, aber du darfst ihn im Rücken wissen, und suchst du ihn auf – der Weg zweigt bei der Kirche ab –, kannst du, wie ich es immer getan habe, an irgendeiner Stelle des Weges stehenbleiben, verschnaufen und jenes Menschen gedenken, der von sich sagte, er sei kein Mensch, er sei Dynamit, und der, zu einer Zeit, als er noch Mensch war, auf eben diesem Weg um die Liebe einer blutjungen Frau warb, vergeblich allerdings trotz seiner unerhörten Geistesgaben und trotz des artigen Satzes: »Monte Sacro – den entzückendsten Traum meines Lebens danke ich Ihnen.«

Vorgestern angekommen, heute den Weg gegangen, Fuß vor Fuß auf die eingemörtelten, rundlichen, kinderfaust- bis männerfaustgroßen Natursteine setzend, die in der Morgensonne nicht speckig, sondern seidig glänzten, ja, wie auf Perlen bin ich gegangen, auf weißen, hellbraunen, dunkelgrauen, und über die hangseitige Umfassungsmauer züngelt manchmal ein Feuerbusch, und in die seeseitige Umfassungsmauer ist manchmal ein Gittertor eingelassen, durch dessen rostige Stäbe man den See und die Hügelzüge des Westufers sehen könnte, wenn sich der Blick nicht verfinge im fülligen Blust der Magnolienbäume und in den Riesenhochzeitssträußen der Kamelien. Und daheim, daheim? vor kurzem noch Schnee. Und jetzt das, und jetzt, auf dem letzten und schnurgerade ansteigenden Wegstück zwischen Friedhof und Eingangstor zum Heiligen Berg: die Allee der unzaghaft grünenden Hagebuchen. Und im Kopf nicht die Geistesgröße, sondern der Vater und die Stunden mit ihm und alles Vernommene.

Der große Unbekannte war er nie für mich, immer der kleine Unbekannte, *der Typ,* wie ihn meine Großmutter nannte, *der Bürobub,* wie ihn mein Großvater nannte – wenn sie überhaupt über ihn sprachen und meine Fragen nicht einfach überhörten oder mit wirrem Nuscheln quittierten. So wurden die Fragen seltener, das Vaterbild formte sich nach dem Bild, das mir die Zieheltern malten, und da ich den Vater seit meinem fünften Lebensjahr fast nie mehr sah, ließ es sich kaum revidieren. Es blieb beim Bürobiedermann, mit dem man Worte wie ›blutleer‹ und ›schäbig‹ und ›viertelsgebildet‹ verband. – Zu meiner Konfirmation war er nicht eingeladen, stand aber nach der Feier vor der Kirche, kam rasch auf mich zu, umarmte mich rasch und verschwand. Die Verwandtschaft gab sich, wie es in nobleren Kreisen Brauch ist, wortarm pikiert, mir aber schwindelte vor Not. Seither sah ich ihn nicht mehr. Er gratulierte mir schriftlich zu meiner Matura und legte tausend Franken bei; mit einem spröden Satz auf einer Karte dankte ich. Manchmal noch, in der Anfangszeit des Studiums – ich hatte jetzt eine eigene Wohnung – rief er mich an, er nahm beflissen Anteil, es waren stockende, verkrampfte Dialoge, die es mir unmöglich machten, endlich nach meiner Entstehung zu fragen, die mich mit zunehmendem Alter mehr interessierte und über die meine Großeltern immer geschwiegen hatten, sei es, weil sie tatsächlich nichts Näheres wußten, sei es, weil das, was sie wußten, in ihren Augen weder mir noch der Ehre des Hauses förderlich war. Dann blieben die seltenen Anrufe aus, und ich vermißte sie eigentlich nicht, sie hatten mich immer verdunkelt.

Bis dann, anfangs der letzten Woche, die Stimme wieder da war. Daß ich dem Ruf trotz meiner verminderten Zugänglichkeit folgte, grundlos, wie unter Zwang – Liebe, Fürsorge, Mitleid kamen als Gründe nicht in Betracht –, verwunderte mich selbst. Und gegen vier Uhr mittags stand ich vor seiner Wohnungstür, das Zittern ließ sich auf die Kälte zurückführen, die weichen Knie weniger, ich läutete. Er öffnete. Ich hatte ihn kleiner in Erinnerung. Er trug einen Bademantel, Frottee, schwarz. Ich gab ihm die Hand mit gestrecktem Arm. –

Gott, sagte er, wie gleichst du der Mutter. Er nahm mir den Mantel ab. – Bist du krank? fragte ich. – Gewesen, sagte er. Ich schaute auf seine Pantoffeln. Fehlt noch die Schlafmütze, dachte ich. Doch seine Haltung war aufrecht, sein Gang, er ging vor mir her in die Stube, keineswegs schlurfend und kraftlos, aber auch nicht dynamisch, eher gemessen, und zwar auf stimmige Art, so daß ich die Schlafmütze sofort zurücknahm. Er wirkte auch nicht kränklich oder krank, nur irgendwie verlangsamt.

Die Stube karg. Ein Tisch, vier Stühle, Sofa, Tannenschrank, alles erfreulich unscheinbar. Weder Polstergruppe noch Kuckucksuhr, dafür, zu meinem Erstaunen, ein volles Bücherregal. Was mir zuerst ins Auge sprang: auf dem Boden neben dem Sofa das zerknüllte Papiertaschentuch, auf dem etwas lag, das mich erstarren ließ, das aber auf den dritten Blick als vertrockneter Teebeutel kenntlich wurde.

Wir setzten uns, wir saßen uns gegenüber am Tisch. Daß dieser angegraute Fünfziger im Morgenrock mein Vater war, daß ich dem Samen dieses Fremdlings die Existenz verdankte – es überstieg meine Vorstellungskraft, es verband sich mit keinem Gefühl. Wir schwiegen. Anderthalb Jahre lang hatte ich mich mit linguistischer Gesprächsforschung befaßt und eine Lizentiatsarbeit über Dialogstrukturen der Alltagssprache geschrieben. Nun schwiegen wir, und diese Null-Äußerung dauerte an, bis endlich der Vater das Eröffnungssignal gab, indem er fragte, ob mich sein Schlafrock störe. Nicht übermäßig, sagte ich. – Er paßt zu meinem

Gnadenstand, sagte der Vater. – Wie bitte? fragte ich. – Er paßt zu meinem Gnadenstand, sagte der Vater. Ich fragte ihn, ob er mit diesem Wort seinen krankheitsbedingten Urlaub meine. Er sei weder krank, noch habe er Urlaub, sagte der Vater. – Du bist nicht etwa arbeitslos? fragte ich. – Behüt mich, sagte er, ich war für die Firma noch gestern in Wien. – Für die Firma? Ich dachte, du seiest Staatsangestellter? – Schon lange nicht mehr, sagte er, ich bin ein bißchen aufgestiegen, in die Privatwirtschaft, ich unterstütze als Sekretär oder Sachbearbeiter den Rechtskonsulenten einer namhaften Firma. – Tönt gut, sagte ich, obwohl es mir nicht imponierte. – Ja, sagte er, so war das. – Ich stutzte. Ich versuchte ihm in die Augen zu schauen, sie wichen aus, nein, sie wichen nicht aus, sie schauten nur anderswohin, und ihr Ausdruck war schwer zu lesen. Du, sagte ich – die Anrede *Vater* hätte mir Mühe gemacht –, du, fragte ich, was ist geschehen? – Eigentlich wenig, sagte er, schien aber doch auf die Frage gewartet zu haben.

3

Nach Abschluß der Gespräche in Wien, die ich in Stellvertretung des Rechtskonsulenten führte und in denen es um die Bereinigung einer Vertragsarbeit ging, blieben mir noch zwei Stunden bis zur Abfahrt des Zuges. Ich gab den Aktenkoffer in die Obhut der Hotelrezeption und flanierte, die Hände in den Wintermanteltaschen, durch die Kärntner Straße. Da sah ich auf der anderen Straßenseite einen merkwürdig hinkenden Hund sich nähern, er war klein und grau. Als wir auf gleicher Höhe waren, blieb ich einen Augenblick stehen. Dem Hund fehlte das linke Hinterbein, und er blieb ebenfalls einen Augenblick stehen, bevor er die Straße überquerte und mich, als hätte er das Verlorene wiedergefunden, wedelnd beschnupperte. Einerseits war ich beinahe gerührt, andrerseits wollte ich nicht als Herr dieses struppigen Krüppels gelten, auch störten wir den Fluß der Passanten. Ich ging also weiter, ohne ihm ein Zeichen der Zuneigung gegeben zu haben, allein, er hinkte mir nach. Durch schnelleres Gehen, Nichtbeachtung und mehrmaliges Wechseln der Straßenseite versuchte ich ihn abzuschütteln. Schließlich trat ich in ein Uhrengeschäft, nicht wegen des Hundes, sondern weil ich in der Auslage die Uhr gesehen hatte, die mir, seit sie auf dem Markt war, als Wunschuhr erschien, denn in ihrem Lederarmband befindet sich eine Antenne, die von der Technischen Bundesanstalt in Braunschweig regelmäßig einen Zeitimpuls empfängt, so daß die Abweichung von der gültigen Zeit maximal eine Sekunde in einer Million Jahren beträgt. Obwohl mich diese Uhr, wie gesagt, schon seit längerem fesselte, war ihr Kauf doch eher ein Spontankauf, und ich verließ das Geschäft mit dem mehr zweifelnden als seligen Gefühl, das einem Spontankauf zu folgen pflegt. Winselnd hieß mich das Hündlein willkommen. Jetzt versuchte ich es mit Hilfe der Sprache zu verjagen, indem ich Hau ab zu ihm sagte, was ebenso unwirksam war wie das in Wien vielleicht verständlichere Schleichdich. Das Tier begleitete mich zum Hotel zurück, machte indessen keine Anstalten, in die Empfangshalle einzudringen, es setzte sich vor die gläserne Eingangstür. Ich behändigte den Aktenkoffer und bat den Portier, ein Taxi zu rufen. Als ich es vorfahren sah, ging ich hinaus. Der Hund erhob sich. Der Fahrer lehnte sich aus dem Fenster und kämmte sich vor dem Rückspiegel. Ich öffnete die Beifahrertür und merkte gleichzeitig, daß der Hund nach dem Saum meines Mantels schnappte. Aber ich konnte einsteigen, die Tür zuschlagen und herrischer als nötig sagen: Zum Westbahnhof.

Den Vorfall erheiternd zu finden, gelang mir nicht, das Geplauder des Taxifahrers war eine Pein, und für meine Empfindungen hatte ich kein Verständnis und eigentlich auch keinen Namen. Im Zug, ich hatte ein Abteil für mich allein, blätterte ich ohne Sammlung im Entwurf einer Dokumentation, der ich in den Stunden der Heimfahrt definitive Gestalt geben wollte. Die Wendung *umwelt-*

relevante Eckdaten, auf die ich bei der Abfassung so stolz gewesen war, wirkte jetzt eiszapfenhaft. Ich legte die Dokumentation weg und betrachtete eine Weile lang die Wege meiner Handlinien, dann meine neue Funk-Solar-Uhr. Du wirst es nicht glauben, aber die Uhr hat mich stürmisch beelendet. In Langen am Arlberg, um 17.59 Uhr, eilte FRANZ SCHUBERT, in dem ich saß, an der wartenden MARIA THERESIA vorbei, er fuhr dorthin, woher sie kam, sie fuhr dorthin, woher er kam, und das ewige Hin und Her schien mir auf einmal so irr, daß ich im Sitzen einnickte und nach flackrigen Träumen erst wieder vor der Grenze erwachte, geweckt vom Dröhnen des Paßbeamten. Von da an verließ mich die Müdigkeit nicht mehr. Aber es war eine fremdartige Müdigkeit, nicht jene, die ich als Folge strenger Arbeit kannte, nicht jene, die zum Gähnen nötigt und die Muskeln erschlaffen läßt. Es war, es ist eine Art Benommenheit oder Versonnenheit.

In Zürich, kaum war ich aus dem Zug gestiegen, hörte ich einen Vogel überlaut zwitschern. Ich ging dem Bahnsteig entlang, das Zwitschern blieb – gewiß gibt es Vögel in Bahnhöfen, aber nachts um halb elf? –, und in der Haupthalle blieb ich stehen und schaute hinauf zur Kuppel, das Zwitschern wurde noch lauter, niemand schien es zu hören, also war ich verrückt, da überholte mich eine Frau, eine Schwarze, sie zog ihren Koffer auf Rädern, und diese Räder, tatsächlich, und ich war also nicht verrückt. Und dann, so gegen elf, bin ich nach Hause gekommen und habe grundlos *dich* angerufen und nachher geduscht, weil ich in schweißigem Zustand war, dann ist mir eine wache und beseelte Nacht beschert gewesen, um acht Uhr morgens habe ich mich abgemeldet bei der Firma und bin ins Bett gegangen, das ist alles.

So ungefähr, doch sinngemäß der Vater, und leise und langsam. Und wie zu sich selbst: ohne Bewegung der Hände, ohne mich mit den Augen zu suchen, ich kam mir vor wie ein Diktiergerät. Und da er auch nach Ende seiner Äußerungen – sie wirkten kontrollierter und kompakter als die der folgenden Tage – nicht zu erkennen gab, ob er ein Echo oder einen Kommentar erwartete, war ich vollkommen ratlos. Und wäre es auch gewesen, wenn mich ein Blick ermuntert hätte. Vater saß da, aufrecht, abwesend, strich sich über sein dünn gewordenes Haar und schwieg. – Du hast dich also krank gemeldet? fragte ich. – Sozusagen, sagte der Vater. – Aber du fühlst dich gesund? – Ich bin gesund, sagte er, sehr sogar, verglichen mit der Brut. – Brut? fragte ich, meinst du die Leute in der Firma? – Ich meine die Betriebs-Brut, die allgemeine, sagte er. Ich fragte, ob er vielleicht und irgendwie das Gefühl habe, an einem toten Punkt zu sein. Im Gegenteil, sagte er, sah mir zum ersten Mal in die Augen, ruhig, voller Zuneigung, und fragte, wie es mir gehe. – Ach, sagte ich, nicht eben blendend, so halt, wie es geht, wenn man nach großer Anstrengung endlich das Ziel erreicht hat und statt Freude nur Leere spürt. – Du hast dein Studium beendet? – Ich nickte. – Julia, sagte er, ich gratuliere dir, und hätte ich das Recht, wie ein richtiger Vater stolz zu sein, so wäre ich es. – Ich lachte und fragte versucherisch, ob er denn nicht mein richtiger Vater sei. Er wurde beängstigend blaß, so als bescheine ihn Mondlicht. – Ich hätte dir manches zu sagen, nur, es ist die falsche Stunde, sagte der Vater, wann fährst du? – Wohin? fragte ich. – Sagtest du nicht, du seiest am Verreisen? – Ach so, sagte ich und erinnerte mich der Telefonlüge, die an den Tag kommen mußte, wenn ich jetzt sagen würde: Das eilt nicht. – Das eilt nicht, sagte ich, und sofort lebte mein Vater auf und fragte, ob ich die Kraft hätte, ihn wieder zu besuchen. – Ja, sagte ich. – Morgen? – Ja, sagte ich. – Wir können dann auch über Orta reden, du weißt vielleicht, ich habe dort seit fünfzehn Jahren eine kleine Wohnung, es ist dort alles wie geschaffen zur Erholung, wenn du möchtest. – Und, schon unter der Tür, sagte der Vater noch: Wenn man wie du ein hohes Ziel erreicht hat – ich habe das vor langer Zeit in einem Buch gelesen –, kann das Gemüt in einen Zustand kommen, den der Verfasser des Buches als Melancholie der Erfüllung bezeichnet, ich kenne sie leider nicht.

Melancholie der Erfüllung. Wie schön und samtig das klang. Wie menschenfreundlich es sich abhob von Josefs ›reduziertem Biotonus‹. Aber Josef hat andere Bücher gelesen, Josef liest fachliche Sachen, die ihm das Wichtige vorenthalten. Nur, wäre er dafür empfänglich? Hat er zum Beispiel gespürt, daß mir von Anfang an, obwohl ich ihn anziehend fand, im Innersten bewußt war: Dieser nicht –? Hat er begriffen, warum ich ihn tagelang abwies, mich aber mit Vater traf? Hat er Verständnis gehabt für meine Reise hierher? Trotzdem bedrückt es mich, daß mir der strebsame Jungarzt jenseits der Alpen plötzlich so winzig erscheint, so belanglos, als hätte ich nie in seinen Armen gelegen und mich gründlich vergessen.

4

Erneut hinauf zum Sacro Monte und nicht wie vorgestern beim Torbogen umgekehrt, sondern das Gelände betreten und stundenlang umhergegangen, besummt, bezwitschert, umblüht, und die Natur bewundert und die zwanzig Kapellen bewundert und die rätselhafte Eintracht von Natur und Kapellen bewundert und auf einer Steinbank gesessen, zwischen den Schulterblättern die große Hand der Morgensonne.

»Monte Sacro – der entzückendste Traum meines Lebens« – seit ich eingetreten bin in die Ferienwohnung meines Vaters, weiß ich, wer sich so äußerte und so begreiflich äußerte, und wenn ich auch aller übertriebenen Ehrfurcht abgeneigt bin, habe ich heute morgen, als ich vor einer starken, uralten Buche stand, dennoch gedacht: Vielleicht hat *er* sie schon bestaunt. – Im kleinen Vorraum, an der Wand gleich gegenüber der Wohnungstür, hängt ein Plakat, und man muß zweimal schauen, bis die aus rostbraunen Flecken bestehende Abbildung zum Gesicht wird, das nur aus buschigen Augenbrauen, einer angedeuteten Nase und einem übertriebenen Schnurrbart besteht. Der Text lädt ein zu einer Feier mit Konzert, sabato 24 settembre 1983: »Nel centenario della visita di NIETZSCHE A ORTA.« – Am unteren Rand des Plakats – ich habe das eben erst entdeckt – steht in der winzigen Steilschrift des Vaters die Bleistiftnotiz: »Orta irrt: F. N. war 1882 da.« – Ich wunderte mich weniger über die mangelhafte Kenntnis der örtlichen Kurverwaltung, welche die Zentenarfeier mit einjähriger Verspätung hatte steigen lassen, als über das Wissen des Vaters, während mich sein Bedürfnis, es bleistiftbuchhalterisch zu dokumentieren – wenn auch nur für sich selbst –, eher belustigen würde, ahnte ich nicht, daß es sich dabei um den Ausläufer eines frühen, ziemlich verzweifelten und mit meiner Mutter zusammenhängenden Bildungseifers handeln könnte.

Herein! rief eine eher ferne Stimme, nachdem ich geklingelt hatte. Schon beim zweiten Besuch, dachte ich, kommt er mir also nicht mehr entgegen. Ich öffnete die Tür, trat verstimmt in den Gang, blieb horchend stehn und fragte: Wo bist du? – Noch für ein Weilchen im Bett, sagte der Vater. – Gut, sagte ich, dann halt ein andermal. – Julia, wie schön, daß du da bist, mach's dir bequem in der Stube, die Tür zu mir ist offen, wir hören uns ja, ich bin ja heillos wach. – Befangen stand ich in der Stube, blickte durch die halboffene Tür in sein Schlaf- und Arbeitszimmer, sah aber sein Bett nicht und ihn nicht, nur einen Peddigrohrsessel und einen Wäschewust darauf, ferner einen Teil des offenbar nicht sehr aufgeräumten Schreibtisches samt einem Fax-Gerät, aus dessen Ausgabeschacht eine bis auf den Boden fallende und auf dem Boden sich rollende Thermopapierschlange quoll. – Es ist umsonst, daß ihr früh aufsteht und hernach lang sitzt und euer Brot in Mühsal eßt, sagte der Vater. – Hm, antwortete ich. – Was nützt es, wenn ich heute mit

Mundwasser gurgle und morgen erlösche? fragte der Vater. Ich fragte zurück, was er unter ›erlöschen‹ verstehe. Er sagte: Zum Beispiel gähnend erfrieren. – Kalt genug wäre es, meinte ich. – Ja, sagte er, ein totgeborener Frühling. – Ob mir, fragte er übergangslos, der Name Pieter Bruegel etwas sage. – Meinst du den holländischen Maler? fragte ich. – Welchen? fragte der Vater. Ich schwieg, er nervte mich. – Es gibt nämlich zwei, sagte er, den Älteren und den Jüngeren, den sogenannten Bauernbruegel und den sogenannten Höllenbruegel, und der Höllenbruegel hat ein Bild des Bauernbruegel abgemalt, ich habe die Kopie vor Jahren in Vaduz gesehen und sofort wieder vergessen, und gestern nacht oder heute nacht sehe ich das Bild – es stellt fünf Blinde dar, die von einem sechsten Blinden geführt werden oder eher geführt worden sind, denn der Führer scheint eben gestolpert zu sein und liegt im Moment am Boden –, sehe ich das Bild wieder vor mir, in allen Einzelheiten, ich glaube sogar, im Hintergrund steht eine Kuh und eine Kirche, überhaupt, diese Flutwellen, diese Sturzbäche! – Was meinst du damit? fragte ich. – Die Erinnerungen! rief er, die plötzlichen Erinnerungen, sogar der Großvater ist wieder da, obwohl ich erst vier war, als er starb, am Schluckauf notabene, einer Abart des Ekels. – Ich setzte mich auf das Sofa und überlegte. Auch im Schlafzimmer blieb es still. Schließlich sagte ich: Du kannst dich also seit kurzem wieder an vieles erinnern, was du vergessen zu haben glaubtest. – Seit zwei Tagen an immer mehr, sagte er, einmal, vor etwa vierzig Jahren, habe ich Sissys Zitzen ein wenig berührt, Sissy hat sehr stillgehalten und ist der Dackel der Nachbarn gewesen, und plötzlich habe ich hinter der Scheibe des Küchenfensters das Gesicht der Nachbarin, Frau Knörr hat sie geheißen, auftauchen sehn, und danach bin ich tagelang gelähmt gewesen vor Scham und Angst, aber die Abrechnung, groß und vernichtend, ist ausgeblieben, die Nachbarin hat das Vergehen vermutlich nicht bemerkt, aber die unentdeckten Vergehen, so harmlos sie gewesen sind, haben mich immer am meisten beschwert, und nicht ein einziges Mal habe ich rasch und sorgenlos einschlafen können, vielfältige Nöte haben mich Abend für Abend dem lieben Gott in die Arme getrieben, du sorgst für alle, groß und klein, drum schlaf ich ohne Sorgen ein: mit dieser Beteuerung, mit dieser Lüge, die mir der liebe Gott wahrscheinlich auch noch verübelt und als letzte Tageskerbe ins Tageskerbholz geschnitzt hat, bin ich dann schließlich trotz allem eingeschlafen, aber über die Kindheit, sagte der Vater, könne, falls überhaupt, nur stammelnd gesprochen werden, die Kindheit sei, von Jugend und Alter abgesehen, die niederschmetterndste Lebensepoche und fast so niederschmetternd wie der namenlose Raum zwischen dreißig und sechzig. – Du, fragte ich nach einer Pause, kannst du dich zufällig auch daran erinnern, wie ich entstanden bin? – Schweigen im Nebenraum. – Oder frage ich wieder zur falschen Stunde? – Schweigen im Nebenraum.

Dann, ich erschrak, im Flur das Klingeln des Telefons. Ich regte mich nicht, er regte sich nicht.

Nach dem zehnten oder zwanzigsten Läuten schrie Vater: Sie macht mich rasend, nimm bitte ab und sag, ich sei tot. – Ich ging hinaus, hob ab und sagte: Bei Steinbach. – Es war die Sekretärin des Sekretärs, also des Vaters, eine Frau Zell, die aufgeregt sagte, der Chef, Herr Doktor Dubs, wünsche Herrn Steinbach dringend zu sprechen. Das sei nicht möglich, sagte ich, Herr Steinbach sei extrem unpäßlich und viel zu schwach, um zu sprechen. – Eine Zumutung! Ein Ansturm! brüllte der Vater aus dem Hintergrund, so daß ich mit der Hand sofort die Sprechmuschel abdecken mußte. Ob Herr Steinbach, fragte Frau Zell, nicht wenigstens die dringlichsten Fax-Meldungen beantworten könne? – Kein Kommando mehr! brüllte der Vater, als hätte er alles mitbekommen. – War das nicht Herr Steinbach? fragte die Sekretärin. – Nein, sagte ich, es ist der Hausarzt. – Und darf ich höflich fragen, wer *Sie* sind? fragte sie. – Mein Name ist Stoll, antwortete ich, ich pflege Herrn Steinbach.

Das hätten wir, sagte ich, als ich wieder auf dem Sofa saß. – Braves Kind, sagte der Vater. – Die besten Genesungswünsche läßt dir Frau Zell ausrichten – und daß alles drunter und drüber gehe. – Schön, murmelte er, schaffiges Schattenvolk, murmelte er. – Und nun bist *du* an der Reihe, sagte ich mutig, du weißt, was ich meine. – Julia, sagte er, laß mir ein paar Minuten Zeit.

Ich stellte mich, die Hände hinter dem Rücken verschränkt, vor Vaters Bücherregal, und meine Augen gingen langsam und neugierig zugleich über die Buchrücken, von links nach rechts, vom obersten bis zum untersten Tablar. Sehr Unterschiedliches war hier versammelt, und was noch zusammengehört hätte, zum Beispiel die Bände einer Taschenausgabe von Nietzsches Werken, stand vereinzelt irgendwo. Viel Philosophisches, auffallend viele Nachschlagewerke zu diversen Wissensgebieten, zahlreiche Biographien, ferner, vergammelt und fragmentarisch, ein wenig Goethe und Schiller, daneben die üblichen Buchclub-Sachen von Hesse bis Böll. Manchmal nahm ich einen Band heraus, wobei viel Staub aufflog, die Bücher rochen alt und waren es, es fand sich keines, das innerhalb der letzten zwanzig oder fünfundzwanzig Jahre erschienen war. Wohl aber stieß ich auf Spuren der Benutzung: auf Buchzeichen, Unterstreichungen und vor allem auf Ausrufezeichen. Das fetteste entdeckte ich, als ich in einem Wälzer blätterte, rot und entschieden bejahte es den Satz: »Die Wahrheit ist: wir sollen elend seyn, und sind's.« – Was tust du? rief plötzlich der Vater. – Ich schau mir deine Bücher an, sagte ich. – Gestrüpp, Gestrüpp! rief er, und leiser: Ich schien ihr zu gering, und es hat alles nichts geholfen. – Dann stand er unter der Schlafzimmertür, im schwarzen Bademantel, unrasiert, ich hatte keinen Anlaß zu erschrecken, er wirkte nicht gespenstisch, er wirkte hell. Mit Schritten, die man schon fast federnd hätte nennen dürfen, trat er auf mich zu und begrüßte mich warm. Dann setzte er sich an den Tisch, bat mich, auf der Couch Platz zu nehmen, und stützte sein graublond gestoppeltes Kinn mit der Faust. Es ist nicht leicht, sagte er, aber ich will es versuchen.

Ich sehe einen VW-Käfer, lindengrün. Der liegt in einem Acker unterhalb der Straßenböschung auf dem Dach. Ich bin, wie damals fast allabendlich, mit meiner Vespa ziellos unterwegs. Nach der Kurve halte ich an, stelle die Vespa an den linken Straßenrand, eile hundert Meter zurück und über die Böschung hinab zum VW. Ich sehe durch die Seitenscheibe einen verrenkten, reglosen Körper. Mit Kraftaufwand gelingt es, die Tür aufzureißen. Der Mensch ist tot, denke ich, der erste tote Mensch, den ich in meinen dreiundzwanzig Lebensjahren sehe. Ich berühre mit dem Handrücken seine bläuliche Wange. Blut übrigens nirgends. Die Wange ist warm. Ich kann den Mann, er ist kaum älter als ich, mit einem Unterarmgriff aus dem Wagen ziehen und auf den Acker legen. Der Mann ist ohne Bewußtsein, er atmet momentelang gar nicht, dann wieder rasch und schnappend. Ich bin wie in Trance, verhalte mich aber richtig, jedenfalls so, wie ich es gelernt habe im Nothelferkurs. Sofort, die eine Hand am Kinn, die andere an der Stirn des auf dem Rücken Liegenden, biege ich seinen Kopf nach hinten, drücke den Unterkiefer gegen den Oberkiefer, umschließe seine äußerst fremde Nase mit den Lippen und gebe ihm den ersten Atemstoß. Ich sehe, wie sich sein Oberbauch wölbt. Ich höre, daß oben auf der Straße ein Auto anhält. Was denn passiert sei, ruft ein Mann. Holen Sie einen Notarzt! rufe ich zwischen zwei Beatmungsstößen zurück. Der ältere Mann kommt statt dessen die Böschung herunter. Mit feuchten, gierigen Augen besichtigt er uns und das Wrack. Ginge es nicht schneller, fragt er, wenn wir ihn selbst ins Spital transportierten, mit meinem Wagen? – Ich kann ihn im Wagen nicht beatmen, sage ich, bitte, holen Sie Hilfe, machen Sie schnell. – Der Herr klettert die Böschung hinauf. Der Verletzte röchelt. Ich blase ihm weiter Luft ein, langsam, wie vorgeschrieben zwölf bis fünfzehn Stöße pro Minute. Ich halte inne, ich sehe, daß sich seine blau verfärbten Lippen röten, ich höre, daß seine Eigenatmung regelmäßiger und ruhiger geworden ist. Dann endlich die Ambulanz, ein Arzt, zwei Sanitäter mit Bahre, ich stehe auf und tauche ein in eine große, von Sternen übersäte Schwärze.

Es geschah, etwa ein halbes Jahr danach, daß ich zum sogenannten Ritter der Straße gewählt wurde, weshalb mein Bild samt Schilderung der guten Tat in vielen Zeitungen erschien. Der Chef der Treuhandfirma, bei der ich damals als Bürohilfe und Mädchen für alles angestellt war, lobte mich vor der Belegschaft und überreichte mir ein Geschenkpaket mit Beutelsuppen, das er von einer Lebensmittelfirma, die er in Steuersachen beriet, geschenkt bekommen haben mußte. Auch etliche Briefe und Briefchen wurden mir zugeschickt, vorwiegend von gerührten Rentnerinnen, und alles ging weiter wie immer, ich hatte nur meine Vespa, keine Freunde, keine Freundin, ich wohnte noch bei den Eltern, der Vater war in sich gekehrt wie immer, die Mutter tadelte wie immer meine langen

Haare, ich lebte dürftig, ohne es zu merken, ich überdachte mich kaum, es hat mir immer nur zu einer schmalen Traurigkeit gereicht.

Vater schwieg. Ihn aus der Selbstvergessenheit zu zerren, wagte ich lange nicht, obwohl ich enttäuscht war. Hatte er überhört, daß ich anderes hören wollte? – Du, sagte ich schließlich doch, das alles ist interessant, nur, was hat es mit *mir* zu tun? – Es hängt alles zusammen, sagte der Vater, und hätte es den lindengrünen VW nicht gegeben, so gäbe es auch dich nicht. – Das mußt du erklären, sagte ich schnell, du machst mich wißbegierig. – Du wirst es erfahren, sagte der Vater, allerdings heute nicht mehr.

5

Während die Bänke unter den täglich belaubteren Kastanienbäumen, die, in zwei Reihen paarig gruppiert, eine kleine, die Piazza gegen den See hin begrenzende Allee bilden, bislang noch kaum besessen worden sind, werden sie heute umkämpft. Und während die Motorbootsführer, die Passagiere zur nahen Insel San Giulio hinüberfahren, bislang rauchend, plaudernd und sich vor Untätigkeit das Geschlecht kratzend, herumgestanden sind, haben sie heute die Kapitänsmützen auf und ihre Boote voll. Sonntag. Halb Novara ist da, halb Mailand. An Feiertagen, hat Vater gesagt, sind garstige Ballungen unvermeidlich, das Städtchen verliert seine Unschuld, die Perle läßt sich gern und tausendfach befingern, sie lebt davon. An Feiertagen, so Vaters Ratschlag, bleibst du mit Vorteil im Bett. Aber laß dich vom menschlichen Lärm nicht dazu verleiten, die Ohren zuzuhalten, du würdest sonst das Glockenspiel nicht hören, das vom Turm der Basilica di San Giulio über den See weht und dir zur schönsten Schwermut verhilft.

Nun, ich bin wie jeden Morgen aus dem massiven Eichenbett gestiegen und barfuß über die Steinfliesen gegangen, die so rot sind, wie ich mir Ochsenblut denke, und ich habe die Läden aufgestoßen, dem reinen Himmel zugenickt und mich darüber gefreut, daß die Insel noch da war, obwohl sie doch immer so wirkt, als sei sie – ein Trugbild und schalkhafter Spuk – nur eben schnell aufgetaucht, um gleich wieder in der Tiefe des aschgrauen Sees zu versinken. Das Glockenspiel hat mir heiter geklungen, ich bin zum Sacro Monte hinaufspaziert und habe im Gärtchen vor dem Restaurant Kaffee getrunken und mit dem Schäferhund, der auf der Schwelle lag, die ersten Strahlen erwartet. Ich habe an meine Zukunft zu denken versucht und den Versuch gleich wieder abgebrochen. Ich habe an Vergangenes gedacht und mich sofort zurechtgewiesen. Heute nicht. Auch nicht in die Kapellen schauen heute, in deren Düsternis antike Terrakotta-Menschen stehn, erstarrt und eingegittert. Heute: ein wenig Hundeglück auf der Schwelle der Gegenwart.

Die Gegenwart ist jetzt ein früher Abend. Sie ist die Sonne, die ins Zimmer strömt, die Insel, die im Gegenlicht sich schwärzt, sie ist der Widerschein der Sonne, der gleißend auf dem Wasser liegt und trichterförmig sich verjüngend auf mich zukommt.

6

Es war ein Fehler, ihm die Adresse zu geben, Josef bedrängt mich jetzt schriftlich. Signora Paleari, meine bejahrte Nachbarin, eine auf scheue Weise liebenswürdige Frau, die oft und gut von meinem Vater spricht und ihre Zuneigung für ihn jetzt auf die Tochter überträgt, von deren Existenz sie übrigens wußte, Signora Paleari hat mich darauf aufmerksam gemacht, daß etwas in meinem Briefkasten liege, in Signor Steinbachs Briefkasten, im grünen links außen, den der Postbote kenne, obwohl das Namenschildchen so verblaßt sei, daß man es nicht mehr lesen könne. – Drei Briefe zugleich. Wie andere Männer auch, scheint Josef räumliche Distanz zu brauchen, um wirklich glühen zu können. Und jeder seiner Briefe endet mit der Formel: Sei tausendmal geküßt. – Nun ja. Das macht dann immerhin dreitausend, und dabei haben wir uns, während der Vaterwoche, am Telefon nur noch gestritten und uns vor meiner Abreise nicht mehr gesehn. Gestritten auch über Vater, auf dessen plötzliche Präsenz Josef mit Unmut reagierte, als sei ihm ein Rivale erwachsen. Das wenige, das ich erzählte, genügte Josef, um – mit verdächtiger Hektik – Schublade um Schublade zu ziehen und meinen Vater darin zu versorgen. Ich warf ihm Anmaßung vor, er warf mir Hörigkeit vor. Für dich und deinesgleichen, sagte ich, sind Menschen, die für ein Weilchen stocken, gestört und klinikreif. – Paß auf, sagte Josef, die

Midlife crisis gipfelt gern im Amoklauf. – Paß auf, sagte ich, je kümmerlicher das Verständnis, desto dreister die Diagnose, und wer zufällig in der Mitte des Lebens steht – was mit fünfzig übrigens selten der Fall ist – und etwas zu ahnen beginnt, muß sich von allen Tölpeln dieser Welt auf englisch rubrizieren lassen. – Danke, sagte Josef. – Gern geschehen, sagte ich. – Du hast ja, sagte Josef, selbst erzählt, dein Vater habe sich dem Kaminfeger gegenüber gestört verhalten, hochgradig gestört, hast du wörtlich gesagt, und wenn *ich* ihn so nenne, bist du beleidigt. – Josef, sagte ich mühsam beherrscht, das grenzt an Niedertracht, ich habe nur angedeutet, mein Vater habe sich vom Kaminfeger offenbar hochgradig gestört gefühlt. – Gestört ist gestört, sagte Josef. – Und so weiter. Und jetzt diese Küsse. Und nichts mehr davon jetzt.

Zum Kaminfeger aber folgendes. Er stand, als ich die Treppe hinaufkam, vor Vaters Wohnungstür und war jung und empört. Nein, hörte ich den Vater durch die geschlossene Tür sagen, Einlaß wird nicht gewährt. – Was kann ich dafür, sagte der Kaminfeger, daß in den Wohnungen dieser Bude noch Kohleöfen stehn? – Ich schätze Ruß, sagte der Vater. – Die Ohren des Kaminfegers röteten sich, durchs linke Läppchen waren drei Ringlein getrieben, an denen er jetzt zupfte. Es ist aber vorgeschrieben! rief er. – Von wem denn? fragte der Vater. – Es ist staatlich vorgeschrieben, behördlich! – Man wird von Aufschneidern umzingelt, sagte der Vater. – Ich mache Rapport! rief der Kaminfeger, und jetzt erst wandte er sich mir zu, fragte: Kennen Sie den? und tippte mit dem Zeigefinger an die Schläfe. – Ja, rief Vater, machen Sie einen schönen Rapport, Sie Alltagskopf, und stören Sie nicht länger. – Ich mache zwei Rapporte, sagte der Kaminfeger, einen an die Feuerpolizei, einen an die Gebäudeversicherung, dann haben Sie den Dreck. – Jetzt griff ich ein und flüsterte so leise wie möglich: Kommen Sie doch bitte ein andermal, er hat hohes Fieber, ich bin die Pflegerin. – Er gab sofort nach, brummte nur etwas von Extragang, der nach Tarif verrechnet werde, nahm seine Sachen und ging. Ich pochte an die Tür. Du kannst aufmachen, sagte ich, die Luft ist rein.

Er umarmte mich zum ersten Mal. Ich mache uns einen Tee, sagte ich. Er lehnte sich ans Küchenbuffet. Er sagte, er fühle sich verausgabt wie ein Tausendmeterschwimmer. – Ja, meinte ich, es hätte dich weniger Mühe gekostet, den Mann einzulassen. – Ich weiß, aber die windstille Zone bedarf der Behütung, er hat so unverschämt an die Tür gepoltert, daß ich auf einmal nur noch aus Ingrimm bestand. – Was ißt du eigentlich, fragte ich, gehst du nie einkaufen? – Ach, sagte er, in der Wohnung ist alles schon schwierig genug, aber sobald man sie verläßt, nimmt die Sinnlosigkeit – und das ist nicht einmal das gehörige Wort – die furchtbarsten Ausmaße an. – Trotzdem sei er am späten Morgen ausgegangen, um Notvorrat zu kaufen. Schon vor der Haustür habe er gedacht: Auf welchen Stern bin ich gefallen? Wie schaffe ich den Gang durch die tosende Unübersichtlichkeit?

Er habe sich bemüht, ein vollwertiger Mitmensch zu sein und sich wie alle anderen im Laufschritt zu bewegen, doch unsichtbare Zügel hätten ihn gebremst. Dann sei er im Supermarkt gestanden und habe nicht mehr gewußt, was er brauche. Er habe in die Einkaufswagen der vielen Frauen geschaut, überall Slip-Einlagen, alles so peinvoll, und in der Schlange vor der Kasse hätten zwei Frauen giftige Worte gewechselt, weil eine der beiden ihren Wagen in der Schlange stehengelassen und noch schnell einen Halbrahm geholt habe, was in den Augen der hinteren nicht tolerierbar gewesen sei, und über jeder Kasse hänge ein großes Schild, worauf geschrieben stehe: Die Waren werden Tag und Nacht von Fernsehaugen überwacht. – Was fällt dir daran auf? fragte der Vater. Es reimt sich, sagte ich. – Ja, sagte der Vater, es reimt sich, trotzdem tun mir die Waren leid.

Im Wohnzimmer ging er auf und ab, die Teetasse in der Hand. Ich sehnte mich förmlich nach seinem Morgenmantel, denn Vater trug jetzt eine beigefarbene Trevirahose mit immerwährenden Bügelfalten und über dem weißen Nylonhemd eine unvertretbare Strickweste. Du, fragte ich, hast du mit der Außenwelt immer so Mühe gehabt? – Er blieb stehen und überlegte. Im Tiefschlaf eigentlich nicht, sagte er, im Tiefschlaf habe ich dazugehört, da bin ich ein rühriger Bestandteil und Katzenmusikant gewesen, jetzt aber ist es so still, daß ich schon das rhythmisch rauschende Blut in den Ohren als etwas lärmig empfinde, verstehst du? – Der Spur nach vielleicht, sagte ich. – Es ist nicht kompliziert, sagte er, du erwachst, und die Welt kommt dir vor wie ein hastig erzählter verworrener Witz, aber lassen wir das, reden wir über dich, wie sieht deine Zukunft aus? – Wenn ich das wüßte, seufzte ich, ich weiß, daß ich mich endlich umtun sollte, nur, ich bin so abgespannt und wie verlassen von allen Lebensgeistern. – Sie kommen und gehen, sagte der Vater, wie steht's mit den Finanzen, kann man helfen? – Ich habe doch geerbt, sagte ich, und zwar beschämend reichlich. – Geerbt? Von wem? – Von Großvater natürlich. – Ist er denn tot? – Seit einem halben Jahr. – Soso, sagte der Vater, und ich erfahre nichts, hast du ihn gern gehabt? – Ich glaube schon, er hat mich aufgezogen, warum fragst du? – Damit ich nichts Falsches sage. – Ich weiß, du hast ihn gehaßt. – Er mich. – Ihr euch. – Gut, wir uns. – In seinen letzten Lebensjahren, sagte ich, habe auch ich ihn manchmal gehaßt, so wie ich die Großmutter, die jetzt im Pflegeheim ist, manchmal gehaßt habe. Es war, als ob die betrüblichen Eigenschaften der beiden mit zunehmendem Alter zum Nachteil der guten zu wuchern begonnen hätten, und während sich Großvater fast nur noch mit Geld befaßte und nur noch von Geld reden konnte, hing Großmutter fast nur noch am Telefon und verbreitete Kalendersprüche, geflügelte Worte und alle erreichbaren Todesfälle. Zuhören konnten sie nicht mehr. Der Darmkrebs des Großvaters änderte nichts, im Gegenteil, noch ausschließlicher beschäftigte er sich mit seinen Immobilien, deren Wertbeständigkeit und Wertzuwachs ihn restlos zu entschädigen schienen für seinen Verfall. Sprach ich von Mutter, sprach er von Obligationen; sprach ich von Kunst, sprach er von Zinseszinsen. Und dabei war es früher durchaus verpönt gewesen, im Haus der Großeltern und in den Kreisen, in denen sie verkehrten, über Geld zu reden, man hatte Geist und dauerreservierte Plätze im Theater, und je vermögender man wurde, desto einiger war man sich in der Verurteilung des materiellen Denkens, das, wie es hieß, mit Rattenzähnen am Fundament des Abendlandes nagte. Jetzt nagte der Großvater selbst. Vom Krankenbett aus verwaltete er sein Vermögen. Vom Krankenbett aus befahl er der Großmutter, preisgünstigeres Toilettenpapier als bisher zu kaufen. Dann wurde er operiert, erfolgreich offenbar, denn er erholte sich, zu unserem Erstaunen, trotz seiner einundachtzig Jahre rasch, und eines Tages, zu unserem Erstaunen, erklärte er, er wolle nach Florenz, Florenz sei Lenas Lieblingsstadt gewesen, ja, sagte er zu mir, das glücklichste halbe Jahr ihres Lebens hat deine Mutter in Florenz erlebt. – Großvater hatte seine Seele also nicht verloren, und seine Anwandlung berührte mich. Ich erwog sogar, die Großeltern zu begleiten, aber da ich mitten in den Prüfungsvorbereitungen steckte, verzichtete ich. Mit ärztlichem Segen reisten die beiden, und zwar per Reise-Car, Hinfahrt Sonntag, Rückfahrt Freitag. Bei der Rückfahrt am Freitag saß Großmutter allein und irgendwie doch nicht allein. Über ihr im Gepäcknetz lag Großvaters Spazierstock, neben ihr auf dem freien Sitz stand ihre Tasche und in der Tasche die Urne.

7

Er war am Montagmorgen auf dem Ponte Vecchio zusammengebrochen und sofort in ein Spital gebracht worden. Man vermutete eine Embolie. Gegen Mittag rief mich Großmutter an, um vier Uhr flog ich von Zürich via Lugano nach Florenz, wo ich kurz nach sechs ankam. Großvater lag in den letzten Zügen, war unruhig und verwirrt und sagte, als er mich sah: Lena, endlich. – Es gab dann viel zu tun, Administratives, Ämter und Formulare. Was die Überführung der irdischen Hülle betraf, so glaubten wir im Sinne und mit Billigung des Großvaters zu handeln, wenn wir von den zwei Möglichkeiten die weitaus günstigere wählten. Am Donnerstag flog ich zurück, am Freitagabend fuhr ich nach Luzern, um Großmutter in Empfang zu nehmen. Beim Aussteigen aus dem Reise-Car verfehlte sie den Tritt und stürzte...

Halt! sagte der Vater, der aufmerksam zugehört hatte, halt, ich weiß, was kommen muß, die Urne kollert aus der Tasche, zerschellt am Rand eines Trottoirs, und ein Windstoß wirbelt die Asche hinweg. – Schlimmer, sagte ich, die Urne blieb intakt, aber die Großmutter brachte es fertig, einen Schambeinbruch zu erleiden. Weshalb sie dann, da sie an der geplanten Trauerfeier nicht hätte teilnehmen können, in ein stilles Begräbnis einwilligte und nur darauf beharrte, daß ein Pfarrer dabeisei und Jakob, der jüngere Bruder des Großvaters, sowie der alte Schachfreund Doktor Hamm.

Meine Betrübnis auf dem Friedhof, es war ein schwüler Morgen im September, verband sich mit fröstelndem Staunen. Daß die Urne meinen Erhalter enthielt, der mich einst auf den Knien geschaukelt hatte und dem ich trotz seiner beschwerlichen Seiten fast immer herzlich gut gewesen war, faßte ich nicht, und irgendwie schämte ich mich für ihn, dessen Spur sich verlor in einem elenden Topf, den ein Pfarrer lachhaft gemessen vor sich und unserem Dreiergrüppchen hertrug und am Bestimmungsort in ein lachhaftes Erdloch stellte.

Topf oder Sarg, sagte mein Vater, es ist sehr einerlei, so einerlei wie die Antwort auf die Frage, ob alles verfehlt gewesen sei, so oder so bleibt Staub, gibt es Begrüßenswerteres? – Gäbe es nichts Begrüßenswerteres, entgegnete ich, wäre es fahrlässig gewesen, mich in die Welt zu setzen. – Richtig, sagte der Vater, schneuzte sich und schaute das Geschneuzte an, wie dies sehr viele Menschen tun. Er hat dich also mit Lena verwechselt, sagte er dann. – Wer? – Der Großvater, im Florentiner Totenbett. – Ja, sagte ich, und merkwürdigerweise passiert das auch Großmutter ständig, seit sie an der Alzheimerschen Krankheit leidet, Vergangenes wird ihr zur Gegenwart, und die Verstorbenen leben wieder. – Ist das so? fragte der Vater, ist das krankhaft? – Es ist eine Störung des Zeitsinns. – Wo bin ich eigentlich stehengeblieben? fragte er. Ich schaute ihn an, verständnislos. Er schien die Frage sich selbst gestellt zu haben, er blickte vor sich hin und sagte dann, so als nähme er einen eben verlorenen Faden wieder auf: Kurzum, eines Abends – ich war zufällig nicht mit der Vespa unterwegs, lag auf dem Bett und hörte meinen Lieblingssong A LITTLE HELP FROM MY FRIENDS – klopft meine Mutter an die Zimmertür und ruft: Telefon für dich! – Das kam fast nie vor sonst, ich springe auf, springe an der Mutter vorbei die Treppe hinab, schlage den Hörer ans Ohr und sage: Ja? – Ja, hier Lena Stoll, Zürich, sprech ich mit Kaspar Steinbach? – Ja. – Dem Ritter der Straße? – Ja. – Sie schwieg. Ich schwieg. Ich war benommen von ihrer Stimme, die ich natürlich mangelhaft beschreibe, wenn ich sie biegsam und wolkenlos nenne. Sie sagte, sie habe nur schnell gratulieren wollen. Ich dankte verwirrt. Und ich saß plötzlich auf der Vespa, fuhr ziellos durch den Sommerabend. Sie hielt sich fest an meinen Hüften, manchmal spürte ich ihren Atem im Nacken und manchmal den Druck ihrer Brüste an meinen Schulterblättern. Would you believe in a love at first sight, sang, nein schrie ich gegen den Wind, und sie schmiegte sich an mich und antwortete singend: Yes I'm certain that it happens all the time. – Erst in der schlafarmen Nacht fiel mir ein, daß die Stimme, die meinen Aufruhr bewirkt hatte, auch einer Fünfzigjährigen gehören konnte oder einer Mutter mit Kinderschar oder einer mit Fetthaar und Pickeln. Und zweitens begann ich mich zu fragen, warum mir diese Lena Stoll sechs Wochen, nachdem die Zeitung über mich berichtet hatte, noch gratulierte. Am anderen Tag blätterte ich im Telefonbuch von Zürich. Ich fand sie. Stoll Lena, Konferenzdolmetscherin. Ich strich die Segel. Konferenzdolmetscherin. Dann sagte ich mir wieder: Immerhin hat sie mich angerufen, immerhin, nicht jeder steht in der Zeitung. – Sie ließ mich nicht los. Von ihrer Stimme und meinen Wünschen geleitet, erschuf ich sie, gab ihr Gesicht, Gestalt und Eigenschaften, ja sogar Kleider, und siehe, alles war gut, und manchmal stellten wir die Vespa ab und schwebten durch Buchenwälder, bis wir die Lichtung fanden, die unserem lauten Blut gemäß war.

Der Vater schwieg, seine Augen verloren den Glanz. – Du bist ein begabter Träumer gewesen, sagte ich, was aber geschah, als Traum und Wirklichkeit zusammentrafen? – Der Vater hörte mich nicht. Nach einer langen Pause sagte er: Julia, was wird bleiben, wenn die Erotik und alles, was mit ihr so umfassend und spannend zusammenhängt, versandet? – Warum soll sie versanden? fragte ich. Er sagte: Es flanieren immer mehr Frauen vorbei, die ein Ansteckschildchen am Busen tragen. Unberührbar, steht darauf, entziffern können es nur jene, für die es bestimmt ist. Dabei wäre das Schildchen entbehrlich, denn die Nicht-Blicke der Flanierenden verraten, was man geworden ist: eine Zumutung, eine Tränensackexistenz, ich nehme zur Not den Tod in Kauf, niemals das Ende der Anziehungskraft. – Es gibt auch Frauen ohne Schildchen, sagte ich, sie sind vielleicht ein wenig reifer, so wie du auch, und wenn du keine Blicke hast für sie, die sicher Blicke für dich hätten, darfst du nicht klagen. – Verteufelt weise, sagte der Vater, aber das Herz ist schwer von Begriff. Im übrigen hast du mich falsch verstanden, mir scheinen die bedeutend Jüngeren kaum je verlockend, wohl aber jene, die du mir nahelegst. – Dann weiß ich jetzt nicht mehr, wo das Problem liegt, sagte ich. – Macht nichts, sagte er, erzähl von dir, liebst du, wirst du würdig geliebt? Ich fragte, was er unter würdig verstehe. Er sagte, daß er seine Tochter nicht jedem Esel gönne. Ob er vergessen habe, fragte ich, daß ich sechsundzwanzig sei und also erfahren genug, um einen Esel als solchen zu erkennen. – Lena hat sich mit sechsundzwanzig verlobt, sagte er. – Und? fragte ich. – Mit einem Esel, sagte er. – Vater, sagte ich – und ich glaube, ich brauchte diese Anrede zum ersten Mal –, erstens darfst du dich nicht so herabsetzen, und zweitens ist es mir neu, daß ihr verlobt gewesen seid, nichts, gar nichts hat man mir gesagt, es ist empörend. – Der Esel bin nicht *ich* gewesen, leider, sagte er und hustete greisenhaft. – Sondern? – Ein Franzose, ein junger Diplomat und Augenstern. – Muß ich daraus schließen, daß ich ... – Nein, unterbrach er mich, du mußt dich mit *mir* abfinden, der andere kommt aus Termingründen nicht in Betracht, und gäbe es Zweifel, so würde ein Blick auf deine und meine Hände genügen, um vieles zu klären. – Zeig! sagte ich. Er legte die Hände, zu Fäusten geballt, schüchtern auf die Kante des Tisches und sagte, sie seien leider etwas rustikal beschaffen. Ich bat ihn, mir entgegenzukommen und die Fäuste zu öffnen. Gleichzeitig schob ich meine gestreckten Hände mit den Innenflächen nach unten zur Tischmitte hin. Zaudernd näherten sich seine Hände, bis sich die Kuppen unserer Mittelfinger berührten. Ich merkte, während ich auf die zwei Handpaare sah, die freilich nicht in der Größe, wohl aber in den Proportionen vollkommen übereinstimmten – sogar die nicht sehr edle Form der Fingernägel war die gleiche –, daß mich der Vater angespannt beobachtete. Was ist mit deinem linken kleinen Finger? fragte ich. – Gebrochen vor langer Zeit, sagte er, beim Boxen, und unzulänglich repariert, fällt dir nichts anderes auf? – Du hast einmal geboxt? fragte ich. – Ja, ich habe geboxt, sagte er ungeduldig, siehst du denn nur das Krüppelchen? – Nein, sagte ich, ich sehe auch noch die erstaunlichste Verwandtschaft. – Nicht wahr! rief er freudig und legte seine Hände, sie waren warm und trocken, auf die meinen. Nicht wahr? sagte er noch einmal, dann zog er die Hände wie erschrocken zurück.

8

Wir lassen es schneien. Brot könnte ich bieten und Salami, ferner Wein, Oliven sind da, es wäre schade, jetzt müde zu sein, bleib noch ein Stündchen, wir lassen es schneien, aber das Schlimmste ist Aufdringlichkeit, fühle dich frei und geh. – Du hältst mich, du schickst mich, hast du die Frauen immer so behandelt? – Die Frauen, die Frauen, murmelte er, ging in die Küche, kam mit zwei Gläsern und einer Flasche zurück und entkorkte sie ungeübt. Ich trinke selten, sagte er, weißt du, die Flugangst, also, auf unser Wohl und Wiederfinden, womöglich sind die Frauen noch bedürftiger als wir bedürftigen, aber abgelenkteren Männer, nicht wahr, man sollte die Frauen aufs zaghaft herzlichste bejahen, wirst du würdig geliebt? – Vater, das hast du schon gefragt. – Ja, sagte er, aber du hast nicht geantwortet. – Das kann ich auch nicht, ich weiß einzig, daß ich dem Richtigen noch nicht begegnet bin, aber eine Vorstellung, wie er geartet sein müßte, habe ich kaum. Die bisherigen Männer in meinem Leben, immerhin, haben mir deutlich gemacht, was meinen Vorstellungen *nicht* entspricht, und wenn ich auch gern mit dem einen oder anderen zusammen war, so ist das Behagen, sogar das körperliche, doch immer von einer Art Schmerz begleitet gewesen, von einem Gefühl des Mangels, ich kann es nicht erklären. – Aber ich vielleicht, sagte der Vater, der in Kürze zwei Gläser getrunken hatte, die Lust ist eben nur ein Versprechen, aber sie selbst kann es nicht einlösen, ich meine, die Hitze zeigt, was möglich wäre an Wärme. – Ich kann nicht so ganz folgen, sagte ich. – Ich auch noch nicht, sagte er, ich bin am Tasten, du bist, hast du gesagt, dem Richtigen noch nicht begegnet, du hättest auch sagen können: Ich habe bisher nicht wirklich geliebt. – Und bin noch nicht wirklich geliebt worden, ergänzte ich, und unter ›wirklich‹ verstehe ich ›umfassend‹, die Männer sehen Einzelheiten, sie mögen und begehren diese und halten mich für kühl, nur weil ich ihnen meine Einzelheiten zögernd anvertraue. – Wie auch immer, sagte der Vater, du schläfst mit ihnen, und wie man weiß, kann das auch ohne große Liebe genußreich sein, nur muß man dann den kleinen Schmerz, von dem du sprichst, verkraften, denn dieser Umarmung, und sei sie noch so gelungen, fehlt sozusagen das Symbolische, sie drückt nichts aus, daher das Mangelgefühl, verstehst du, und wenn die Umarmung nicht nur Umarmung ist, sondern auch Zeichen, dann, dann, ich meine es nicht altmodisch, verstehst du? – Vollkommen, sagte ich, man könnte meinen, du seiest ein Experte. – Ja, ich bin ein großer Experte, ein kundiger Experte im Fachgebiet der Halbliebe und der Nichtliebe, Lena hat mich gefördert, und im Dämmerzustand der Tätigkeit habe ich später dazugelernt. – Apropos, sagte ich, bin ich ein Kind der Liebe? – Du hast nicht zufällig Zigaretten bei dir? fragte er. – Ich rauche nicht. – Ich auch nicht, sagte er, aber wenn ich würde, so würde ich jetzt, also primär bist du ein Kind der Kopflosigkeit. – Hm, sagte ich, nicht eben schmeichelhaft. – Der Vater tat einen kräftigen Zug, bewegte den Wein im Mund hin und her, als wolle er ihn spülen, schluckte endlich und sagte: So viele Menschen, so viele Patzer, es trete vor, wer glaubt, daß er sein Leben anderem verdankt als dem Kontrollverlust von Keuchenden. – Vor einer Minute, sagte ich, war noch die Rede von Symbol und so. – Ich bin ja noch nicht fertig, sagte der Vater, sekundär bist du ein Kind der Halbliebe, und zwar insofern, als ich in Lena verliebt war und sie in mich eher kaum. – Ich hoffe, sagte ich, ich muß daraus nicht schließen, daß du ihr Gewalt angetan hast. – Tatsächlich, sagte er, tatsächlich hat sie einmal behauptet, ich sei über sie hergefallen, aber sie hat sich für diese Behauptung später entschuldigt und sie zurückgenommen, sie war ja, trotz ihres veränderlichen Naturells, eine vernünftige Frau. Übrigens war mir ihre Behauptung, da ich damals noch wenig Ahnung hatte, rätselhaft, und umso rätselhafter, als sich die Dinge, wenn schon, eher ein bißchen umgekehrt verhielten, aber das war natürlich gerade die Lösung des Rätsels. – Wie meinst du das? fragte ich, und unwirsch sagte der Vater: Tu nicht naiv, jede wahrnehmungsfähige Frau spürt, daß ihr Vergnügen größer, lauter, nachhaltiger ist als das des Mannes, aber es ist – weiblicherseits – ganz unnötig, deswegen Schuldgefühle zu haben und uns der Geilheit zu bezichtigen. – Ich finde es müßig, sagte ich, darüber zu streiten, ob Männer oder Frauen mehr empfinden. – Man streitet ja nicht, man konstatiert, sagte er. – Man pauschaliert, entgegnete ich. – Meinetwegen, sagte er und trank. Beträchtlich sind meine Erfahrungen nicht, wahr aber bleibt, daß mir das Lustvollste immer die Lust der Frauen gewesen ist. – Wie edelmütig, sagte ich, um den Vater ein wenig zu bremsen, aber ich bewirkte das Gegenteil. Hör mal, sagte er, zeitlebens und instinktiv habe ich käufliche Liebe gemieden, weil mein Trieb sich nur regen kann, wenn er einen Gegentrieb spürt, was hat das mit Edelmut zu tun? Was hat es mit Edelmut zu tun, wenn man es als Mirakel empfindet, daß eine Frau durch die Berührung ihres Brennpunkts so außer sich geraten kann, daß man pst sagen muß? Edelmütig! rief er, so ein Blödsinn, ein Mann, dem es keinerlei Lust macht, sich in eine lustlose Frau hineinzuzwängen, ist edelmütig, so ein Blödsinn. – Beruhige dich, Vater, nimm mir ein Wörtlein nicht krumm. – Nicht wahr, sagte er, das Thema ist dir peinlich. – Ja, sagte ich, das Liebesleben anderer Leute ist mir peinlich, am peinlichsten das meiner Eltern, am unvorstellbarsten jedenfalls. – Und doch hast du danach gefragt, sagte er. – Herrgott, sagte ich, ich möchte endlich einmal wissen, wie ich zustande gekommen bin und was wirklich geschah, auf fleischliche Details lege ich weniger Wert. – Herrgott, sagte er und sprang auf, ich habe dir Brot und Salami versprochen und beides vergessen, entschuldige. – Und Oliven, sagte ich, am liebsten nur Oliven, ich bin nicht hungrig.

Nach einer längeren Weile kam er mit dreierlei zurück: mit einer neuen Flasche in der linken Hand, mit einem Glas Oliven in der rechten und mit einer zwischen die Zähne geklemmten Fotografie, die er, bevor er Flasche und Glas abstellte, auf den Tisch fallen ließ. Könnte ich im Grab noch etwas vermissen, sagte er, während er die Flasche öffnete, es wäre einzig sie – er zeigte mit dem Kinn auf das vor mir liegende Foto –, und es wären Oliven, und es wäre im Grunde noch vielerlei, nur hat das letzte Hemd keine Taschen. Nicht wahr, eine Frau von einschüchternder Schönheit? Und welch ein genetischer Segen, daß sie dir alles vererbt hat und daß du nur meine Hände mitschleppen mußt und meine grünlichen Augen, nicht aber den Rest. – Ich betrachtete das Bild. Die Mutter trug ein weitschwingendes, fließendes Sommerkleid, schwarz wie ihr mehr als schulterlanges Haar, ihre Haltung war ungezwungen, der Gesichtsausdruck gelöst, fast ausgelassen, nur die Augen blickten mißbilligend in die Kamera, aber die Mißbilligung war gespielt, Schalk und Stolz überwogen, und die ganze Erscheinung schien auszudrücken: Da bin ich, bezaubernd bin ich und nur einmal jung. – Plötzlich, ich hatte keine Zeit, mich zu wehren, kamen mir Tränen, ein heftiges, an Übelkeit grenzendes Gefühl des Elends überrannte mich, und ich ging sofort hinaus, nichts wäre mir entsetzlicher gewesen, als den Vater womöglich anzustecken und zweisam zu heulen. Im Badezimmer schaute ich nicht in den Spiegel, ich setzte mich auf den Rand der Badewanne und wartete mit geschlossenen Augen auf das Ende des seltsamen Wehs. Als ich, verhältnismäßig gefaßt, in die Stube zurückkam, sagte der Vater, der eingesunken am

Tisch saß: Wie kann man so sentimental sein. – Entschuldige, sagte ich, es hat mich einfach übernommen. – Entschuldige, sagte er, ich meine *mich*. In Wahrheit habe ich Lena vergessen und also verraten, und daß sie seit kurzem wieder lebt und auferstanden ist, berechtigt mich nicht zur Rührung, nein, ich habe sie nie vergessen, jede Frau, mit der ich später in nähere Fühlung kam – und aufgrund meiner Einsilbigkeit in Herzensdingen und meines Mangels an Zeit sind es nicht viele gewesen –, habe ich mit Lena verglichen, und meistens hat der Vergleich die Frauen zu Weibern gemacht, zu Weibern, die irgendwann, ich habe es kaum wahrgenommen, zur Handtasche gegriffen und sich verflüchtigt haben. Lauter Streifkollisionen, und das Überwältigende hat sich nicht mehr ereignet, und die schäbigen Abschattungen sind das Normale geworden und meiner Existenz gemäß gewesen. – Der Vater trank. – Und doch, sagte ich, muß dir die Erotik viel bedeutet haben und bedeuten, denn du hast mir gesagt, du hättest vor ihrem Versanden Angst. – Ja, sagte er, manches ist wahr, und selten darf man die Gewißheit haben, das Gesagte stimme überein mit dem Erlebten oder scheinbar Erkannten, ich beginne jeden Satz im Gefühl, etwas schuldig zu bleiben, daher mein Stottern, ich bitte um Nachsicht! rief er, aber mein Vater stotterte nicht und nie, höchstens daß er sehr langsam sprach und manchmal, vor allem nach Wein, ein Wort erschweigen mußte. Er sah jetzt fahl und angegriffen aus und sagte, nun doch ein wenig lallend: An Zungenkrebs, an Zungengrundkrebs sterbe ich vielleicht einmal, das wäre dann die Sühne für das Geplapper seit Geburt, und falls ich etwas Letztes wünschen dürfte, bringt mich vor Tagesanbruch in ein Stadion, nur mich allein und eine Eiskunstläuferin, die eiskunstläuft, die eiskunstläuft, und bitte nackt. – Ich nehme deinen Wunsch zur Kenntnis, sagte ich, leicht zu erfüllen ist er allerdings nicht. – Ja, er ist groß und unbescheiden, sagte der Vater, und eigentlich bin ich mit Morphium zufrieden, und eigentlich muß ich jetzt schlafen.

Er begleitete mich bis vor die Haustür. Es schneite stark. Gräßlicher Schnee, sagte ich. Gnädiger Schnee, sagte er, schau doch, hör doch, ein stiller Beifall für die Erde.

9

Vorabendschwere auf Landschaft und Herz. Der See eine Raffel aus Blei. Die Insel ein Totenschiff. Verhaltener Donner, zögernde Tropfen. Keine Bewegung im verrenkten Geäst der Kastanien. Jetzt nicht hinüberschauen zum anderen Ufer, nicht sehen, wie Madonna del Sasso sich festkrallt über dem Felsabsturz, wie sie den Atem anhält vor Entsetzen über die Nähe des Abgrunds. Nicht hinsehen jetzt, man ist schon beklommen genug und wird vor jedem Gewitter wieder ein Kind. Bricht es dann los, tut man erwachsen. Groß und tapfer. Ein großes, tapferes Mädchen bist du, haben die Großeltern gesagt, und Mama ist jetzt ein Engel, sie ist glücklich, sie will nicht, daß du weinst. – Tapfer gewesen und nicht mehr geweint und wieder ins Bett gemacht. Wo ist die Mama? Im Himmel. Wo ist der Himmel? Das weißt du doch, du bist ein großes Mädchen, einszweidreivierfünf, und Mama will nicht, daß du wieder ins Bett machst.

Sonst? Blinde Flecke. Das heißt, zwei Giraffen im Zoo, ich an der Hand der Mutter, und plötzlich, unter Aufwiehern, steigt eine der Giraffen auf die andere, vereinigt sich mit ihr zu einem ungeheuerlichen Fabelwesen, zu einem schnaubenden Gewoge, Panik, Verstörung, ich an der Hand der Mutter: die letzte Erinnerung.

Ja, sie war oft mit dir im Zoo, sie wohnte ja ganz in der Nähe, sie hat mir gesagt, daß dich von allen

Tieren die Sphinx-Paviane am meisten beschäftigten, dein Lieblingstier aber sei der Biber. – Habt ihr euch eigentlich oft gesehen? – Sporadisch, sie fürchtete meine Anhänglichkeit, aber manchmal, vor allem an Wochenenden, war ich als Babysitter willkommen. Und manchmal schlug ich vor, zu dritt etwas zu unternehmen, ›Familie spielen‹ nannte sie das und lehnte ab. An deinem vierten Geburtstag sind wir zusammengewesen, länger als sonst, sie hat für uns gekocht und nicht so unnahbar gewirkt wie sonst, ich habe es als Zeichen mißverstanden und eine letzte Aufwallung gehabt, und dann war ziemlich Schluß.

Wochenenden mit Vater? Blinde Flecke. Das heißt, ein Feldweg, ein Getreidefeld. Er bleibt stehn, rupft eine Ähre ab. Er reibt sie zwischen den Handflächen, bläst die Spreu weg. Schau, sagt er, die Körnchen, die kannst du essen. – Ich schaue, ich nehme eines nach dem andern aus seiner Hand und tu es in den Mund: die erste Erinnerung.

Und nachher, als sie fort war, hast du mich nicht mehr gewollt und zu den Großeltern abgeschoben? – Mit Verlaub, sie haben dich an sich gerissen, und zweitens, wie stellst du dir das vor? Wir zwei in einem Zimmer, kaum größer als ein Wandschrank, ich ganztags und bei lumpigem Salär im Stollen, wie stellst du dir das vor? – Aber das Besuchsrecht, die Kontakte, warum ist die Beziehung so gut wie verdorrt? – Deine Großeltern haben mich immer verworfen und mit der schneidendsten Geringschätzung behandelt, ich war für sie nicht nur der Schänder ihrer Tochter, ich war auch der Briefträgerssohn, ferner der bildungsarme Bürogummi, ein Schlucker ohne Schliff und Zukunft, eine Null. Wenn ich dich also sehen wollte, so gab es vorher immer ein zermürbendes Theater, Ausflüchte, Unpäßlichkeiten, scheinbare Hindernisse, dann, bei der endlich ertrotzten Übergabe auf der Schwelle – Zutritt ins Haus hatte ich nie – die eisigen Wellen der Antipathie, kurzum, ich mußte mich von Mal zu Mal mehr überwinden und war dann in den Stunden des Zusammenseins mit dir entsprechend mißgestimmt, und du hast natürlicherweise zu fremdeln begonnen, wir sind ein trostloses Pärchen geworden, es hätte keinen Sinn gehabt, die Sache weiterzuführen, ich habe auf später gehofft und die Hoffnung schon bald vergessen, denn zu jener Zeit tauchte ich ein und anhaltend unter.

Kaum Erinnerungen, alles verschwommen, verhangen, verhüllt, auch die Hügel am anderen Ufer, auch Madonna del Sasso. Der Himmel leergeregnet, der Donner wieder harmlos fern, Schleierfetzen über dem befriedigt sich kräuselnden See und kaum Erinnerungen und etwas Neid auf den Vater, auf seinen sogenannten Gnadenstand, der ihn befähigt hat, Vergessenes zu sehen, Verborgenes wie Lava auszuspeien. Was soll's. Ich stehe ja trotz aller Kindheitsnöte und abgesehen von den Trübsalphasen, die auch Begünstigtere kennen, verhältnismäßig straff im Leben. Nur hat das Vater bis vor kurzem auch geglaubt von sich, es hat ihm, sagt er, nichts gefehlt, nichts in den letzten zwanzig Jahren, immer im Gleichgewicht, hat er gesagt, immer im Gleichgewicht.

10

Am Morgen nach der Schneenacht erwachte ich steif und mürrisch, merkte aber erst beim Kaffee, daß es der Gedanke an den abermaligen, auf den Nachmittag vereinbarten Besuch war, der mich bedrückte. Ich hatte plötzlich genug, fühlte mich plötzlich vereinnahmt und überfordert, unterstellte dem Vater sogar eine Art Hinhaltetaktik und fragte mich, wie all das weitergehen sollte, und ob ich das Recht hätte, auf mein Erholungsbedürfnis zu pochen und ihn in seiner Verfassung, die ja laut seiner eigenen Aussage auch dann eine heitere war, wenn er sich düsterer Dinge erinnerte, allein zu lassen. Meine Regung war umso überraschender für mich, als ich die bisherigen Zusammenkünfte zwar immer als erschöpfend, aber auch als wichtig und spannend empfunden hatte, sie bedeuteten Zutritt zu bislang verschlossenen Räumen, und sie erhellten deren Dunkelheit. Den Vater anzurufen und um eine Pause zu bitten, war schon aus technischen Gründen nicht aussichtsreich. Ich hatte ihm nämlich, als er mit seinem Militärtaschenmesser das Kabel des veralteten Wandtelefons durchschneiden wollte, empfohlen, etwas weniger radikal zu sein und einfach ein Kartonstücklein zwischen die beiden Resonanzglocken zu stecken. Diesen Ratschlag hatte er ohne Abwehr befolgt, so daß sein Telefon jetzt nicht mehr läutete, sondern nur noch kaum hörbar schnurrte. Dem Faxgerät aber hatte er, wie er sich ausdrückte, inzwischen den Hals umgedreht.

Ich ging also hin. Und fand auch ihn in gedämpfterer Stimmung als am Vortag. Er lag auf dem Sofa. Ich befinde mich nicht zum besten, sagte er, ich bedürfte jetzt eines Kammerdieners. – Was ist eigentlich los, fragte ich überhastet, wie soll es weitergehen? – Liebe Lena, sagte er sanft, gottlob und endlich ist nichts mehr los, und nichts mehr geht weiter gottlob. – Vater, ich bin nicht Lena. – Eigentlich weiß ich das, ich bin bei Sinnen und doch so maßlos benommen. – Maßlos verkatert wahrscheinlich, sagte ich. – Ist es schon Mittag? fragte er. – Ja, ziemlich. – Ich komme nicht nach, sagte er. – Du hast doch deine neue Uhr, die Funk-Solar-Uhr, von der du mir erzählt hast. – Es gibt so eine Art Schlitz oder Fuge, sagte er, so einen Spalt zwischen Sitzpolster und Rückenpolster, im Zug meine ich, dort ist die Uhr. – Das hast du gar nicht erzählt. – Ich habe es jetzt nachgeholt, komm doch ein wenig näher. – Ich stellte einen Stuhl vor das Sofa und setzte mich rittlings darauf, die Arme auf die Lehne und das Kinn auf die Arme gestützt. Der Vater starrte zur Decke und sagte: Ohne Fleiß kein Preis, keine Müllabfuhr und nichts als Glatteis auf den Straßen, trotzdem, trotzdem. Die Wörter ›Firmament‹ und ›Blutbad‹ sowie die Wendung ›seit Menschengedenken‹ haben mich als Kind aufs heftigste beschäftigt und bewegt, ist es nicht wertvoll, so etwas zu wissen? – Ja, schon, sagte ich, aber meinst du die Wörter als solche oder das, was sie bezeichnen? – Ist das ein Unterschied? fragte er. – Ja, schon, sagte ich, das Wörtchen ›Wein‹ zum Beispiel ist etwas anderes als das, was wir getrunken haben gestern abend. – Wieso, man hat doch Wein getrunken! – Ja, sagte ich, wir haben eine Flüssigkeit getrunken, die Wein heißt, aber den Namen haben wir nicht getrunken. – Ach so, sagte er, ich verstehe, entschuldige, ich bin nicht Akademiker, wie war die Frage? – Vergiß es, sagte ich, ich glaube, ich habe dich unterbrochen, was wolltest du sagen? – Nicht daß mich Lena die mangelhafte Bildung hätte spüren lassen, immer mild hat Lena mich behandelt, nie schnöd, ich wollte alles freiwillig nachholen, auf einen Klapf, kaum hatte ich sie kennengelernt, begann ich fieberhaft Bücher zu kaufen und zu lesen, aus Kostengründen vor allem antiquarische, Kraut und Rüben. Auch Abendkurse habe ich belegt, Sprachkurse, und da ich auch meinen Körper plötzlich als etwas Verbesserungsbedürftiges empfand, habe ich mich einem Arbeitskollegen angeschlossen, der schon Turniererfahrung hatte, und bin in einen Boxclub eingetreten, wo ich es über Sandsack, Maisbirne und Doppelmaisbirne hinaus bis zu Trainingswettkämpfen mit Kopf- und Zahnschutz gebracht habe, aber den kleinen Finger habe ich nicht damals in der aktiven Zeit gebrochen, sondern viel später, anläßlich eines ernsten Kampfes, jedenfalls sind all meine Bestrebungen der törichten Hoffnung entsprungen, mich für Lena akzeptabler zu machen. – Ich kann mir vorstellen, sagte ich, daß eine Frau sich von einem unakzeptierten Mann ein Kind machen läßt, aber daß sie das Kind eines Unakzeptierten auch austragen und zur Welt bringen will, kann ich kaum glauben. – Sie hatte eben einen Schicksalstick, sagte der Vater, so wie es Menschen gibt, die jeden Mückenfurz als gottgewollt empfinden, so hat sie alles, was ihr geschah, als Wink und Wille des Schicksals begriffen und bejaht, selbst ein geborstenes Kondom. – Aha, sagte ich, so war das, dann habe ich ja Schwein gehabt. – Der Vater schaute mich an und hatte plötzlich schöne und lachende Augen, zumindest momentelang, dann strafften sich seine Züge wieder, und er sagte: Wobei ich nicht leugnen will, daß die Umstände und Begebenheiten, die deiner Entstehung ursächlich vorangegangen sind, etwas so haarsträubend Zufälliges hatten, daß man sehr wohl in Versuchung kommen konnte, von Schicksal zu reden. Also, ich habe mich in die Telefonstimme der Konferenzdolmetscherin verliebt, und man kann dem Alkohol anlasten, was man will, ohne einen tüchtigen Schluck hätte ich es schwerlich gewagt, nach ein paar Tagen des Zauderns und Schwankens und unablässigen Phantasierens endlich zurückzurufen. Ob ich sie etwas Blödes fragen dürfe, fragte ich, und sie schien nicht befremdet und sagte: Aber klar. – Nun brachte ich meine Frage vor, stockend, obwohl ich sie auswendig gelernt hatte, ich sagte, daß man auf einen Zeitungsbericht doch gewöhnlich sofort reagiere oder gar nie, sie aber habe über sechs Wochen mit ihrem Anruf und ihrer lieben Gratulation gewartet, ob es einen Grund dafür gebe. – Sie schwieg und räusperte sich ein wenig. – Auf Anhieb, so dachte ich und gab alles verloren, hat sie die Frage als Vorwand durchschaut, und ich steh jetzt so fadenscheinig da wie er. – Da sagte sie mit einer veränderten, etwas verspannt oder verlegen tönenden Stimme, daß meine Frage gar nicht so blöd sei, wie ich anscheinend glaube, daß es tatsächlich einen Grund für die Verspätung gebe und daß ihre Gratulation, so aufrichtig sie auch gemeint gewesen sei, als Vorwand habe dienen müssen, mich anzurufen. – Sie schwieg wieder, und ich, wie du verstehen wirst, erst recht, denn dies ist der Augenblick der größten Verwirrung gewesen, in der ich je war, soviel für heute.

Vater, sagte ich, so geht das nicht, du wirst jetzt weitererzählen, du kannst mich nicht ewig hinhalten. Er schaute mich ehrlich erschrocken an und sagte nach einer Weile: Weißt du, wie ich in den letzten zwei Jahrzehnten gegessen habe? Ich sehe, du willst es nicht wissen, ich sage es trotzdem: Während ich das Fleisch kaute, habe ich mit der Gabel schon die Bohnen aufgespießt. – Und? fragte ich lustlos, so essen die meisten. Er sagte: Umso ärger. Er sagte: Nun gut, ich stand also in der Telefonzelle und schwitzte sprachlos, und Lena nahm wieder das Wort und sagte, daß es ihr innerlich unmöglich sei, die Sache am Telefon zu erklären, es gebe Dinge, die sie nur sagen könne oder wolle, wenn sie den Menschen, für den sie bestimmt seien, vor sich habe, ein Gesicht ermögliche Orientierung, nicht aber ein fremdes Ohr am Ende einer Leitung. – Ich lauschte gebannt, und statt, wie ein Beherzter es getan hätte, ihre Äußerung als prachtvolle Vorlage zu nehmen und reaktionsschnell zu verwerten, gelang mir nur ein Ja, und selbst dieses kam aus brüchiger Kehle. So fiel mir das Erträumte und vielfach Ausgemalte ohne Verdienst in den Schoß, denn Lena sagte jetzt, es würde sie freuen, mich zu treffen und ein wenig mit mir zu plaudern. Der weitere Gesprächsverlauf ist mir nicht mehr erinnerlich, ich scheine aber, obwohl mir schwindelte, noch fähig gewesen zu sein, über Ort und Zeitpunkt des Treffens zu reden. – Hat sie dir gesagt, woran du sie erkennen kannst? fragte ich, da der Vater eine Pause machte. – Das war nicht nötig, sagte er, sie wußte ja aufgrund des Zeitungsfotos, wie *ich* aussah, ein Umstand übrigens, der meine Angst, daß ihr mein Äußeres mißfallen könnte, verringerte, sie wird sich, sagte ich mir, kaum mit einem Mann verabreden, von dessen Bild sie förmlich abgestoßen ist. *Meine* Lage war weniger vorteilhaft, ich kannte den Wohlklang ihrer Stimme und sonst nichts, und je näher der Termin rückte, desto mehr schrumpfte die Vorfreude und desto banger wurde mir, denn ich glaubte mit allem rechnen zu müssen, sogar mit einer Schreckgestalt. Heute wäre ich weniger ängstlich, aber damals, ich war knapp vierundzwanzig und ohnehin im Rückstand, wußte ich noch nicht, daß der Ton die Musik macht und daß die Stimme eines Menschen fast alles über ihn sagt, weil sie von seinem Wesen imprägniert ist. Trotzdem, ein Risiko bleibt natürlich, denn der Vergleich von Bild und Original fällt selten zugunsten des letzteren aus, und wenn das Bild ein wunschdurchtränktes Idealbild ist, wird man der Wirklichkeit entgeistert gegenüberstehen, ähnlich wie seinerzeit der liebe Gott, als er schon bald nach der erfolgten Schöpfung sehen mußte, daß seine Kreaturen vor Mängeln strotzten. – Der Vater schwieg erneut, und obwohl ich inzwischen wissen konnte, daß seine erste Begegnung mit meiner Mutter alles andere als enttäuschend war, wartete ich gespannt auf die Fortsetzung. Könnte es sein, fragte er, daß die phantasieärmsten Menschen am zufriedensten sind mit der Welt und sich infolgedessen am tüchtigsten in ihr bewegen? Ich meine, wer nicht imstande ist, sich eine Rose vorzustellen, vermißt das Rosige nicht, so daß er ungebrochen von Weißkohl zu Weißkohl rasen kann, verstehst du mich? – Sicher, sagte ich, es ist ja, entschuldige, keine sehr neue Erkenntnis, daß Phantasiebegabte sich schwertun mit der Wirklichkeit und langsam sind. – Neu oder nicht neu, sagte er, man feiert das Ende der Weißkohlepoche. – Und was kommt *nach* der Feier? fragte ich. – Wer so fragt, kann nicht feiern, sagte er, aber wahrscheinlich kommen Frühnebelfelder, wahrscheinlich bleibt man ein Mitknecht.

Kurz und gut, da ich damals zur Gattung der Langsamen gehörte, war ich zu früh am vereinbarten Treffpunkt. Ich stellte die Vespa in der Nähe des Eingangs zum Zoologischen Garten ab, aus dem die letzten Besucher kamen, und je feuchter meine Handteller wurden, desto trockener wurde der Gaumen. Plötzlich stand eine Frau vor mir, nett lächelnd; starr vor Bestürzung schaute ich sie an, mein Luftschloß krachte zusammen, und wie aus weiter Ferne hörte ich die abgeblühte Dame fragen, ob das Sechsertram zum Hauptbahnhof fahre, was ich heiser bejahte. Dann aber, kaum daß ich aufgeatmet hatte, geriet ich erneut außer Fassung, denn die Erwartete, die Richtige kam auf mich zu und sagte unbefangen: Da bin ich. – Sie glich zur Hälfte meinem Traumbild und stellte es zur andern Hälfte in den Schatten. Ich hüte mich, sie zu beschreiben, ich will mich nicht blamieren, du weißt ja, wie sie ausgesehen hat. – Stammt das Foto, das du mir gestern gezeigt hast, aus jener Zeit? – Ja, sagte der Vater, es stammt aus jenen Tagen, ich habe es bei unserem dritten Treffen aufgenommen, beim ersten Treffen aber trug sie eine dunkelblaue Wickelbluse und einen langen weißen Rock. – Und ihre Haare waren schwarz? – Annähernd schwarz, so wie die deinen, schieferschwarz, mit einem Rotstich in der Abendsonne. – Und ihre Augen? – Der Vater dachte nach und sagte dann: Mir ist, als habe der See manchmal den Ton ihrer Augen gehabt, ein bläulich überhauchtes Grau. – Der See? – Der See, du wirst ihn kennenlernen, falls du mein Erbe nicht ausschlägst, und Lena hat also gesagt: Da bin ich.

11

Fräulein Stoll? fragte ich, denn das Fräulein war damals noch gängig und also erlaubt. Versteh mich nicht falsch, ich begrüße die Tilgung des Fräuleins von Herzen, ich möchte auch nicht Herrlein genannt werden, nur weil ich ledig geblieben bin, aber daß man nicht mehr *man* sagen darf, finde ich hart, Fräulein Stoll? fragte ich, und sie sagte: Ja, und sie sagte: Ich habe Sie sofort erkannt. – Ich sagte, daß sie ein gutes Gedächtnis habe und daß ich einen unbekannten Menschen, dessen Foto ich vor sieben Wochen in der Zeitung gesehen hätte, auf der Straße nicht wiedererkennen würde. Sie sagte, sie habe den Zeitungsbericht ausgeschnitten und aufbewahrt. Ich fragte: Warum? Sie fragte, ob ich mit einem Waldspaziergang einverstanden sei.

Eigentlich wäre mir eine Vespafahrt lieber gewesen, ich fühlte mich auf der Vespa am sichersten. Auch mußte man beim Gehen reden, und Lena würde sofort merken, was für ein Redner ich war, zwei Mädchen hatte ich schon an Burschen abtreten müssen, die zwar keine Vespa besaßen, aber ein fröhliches Mundwerk und, nebenbei, wohl auch die forscheren Hände. Nun, es gibt Menschen, in deren Gegenwart auch der Schüchterne auftaut, weil sie eine krampflösende Wärme abstrahlen und ihm das Gefühl geben, nicht auf der Hut sein zu müssen. Weich aufgehoben ist man bei solchen Menschen, und weil man spürt, daß man getrost wortkarg und ungeistreich sein darf, findet man zu

Worten und Geist. Und Lena war ein solcher Mensch, ich sah mich gebilligt und fand zu Worten und etwas Geist. Trotzdem, die Angst, eine schlechte Figur zu machen, verlor sich nicht restlos. Wohl hatte ich die alte Befangenheit abgelegt, vorübergehend, aber wie glaubwürdig war meine Unbefangenheit? Wirkte ich wie ein Tänzer in Stiefeln? Als Kind, wenn wir Besuch hatten, saß ich still auf der Eckbank und mußte hören, daß ich verstockt sei. Ging ich aus mir heraus, dann sagte mein Vater: Er wird üppig, und meine Mutter sagte: Aus einem Lächlein wird ein Bächlein. – Das ist Erziehung, nicht wahr, und die Erziehung ist am Ziel, sobald die Angst, eine schlechte Figur zu machen, zum Lebensgrundgefühl geworden ist, nicht wahr, aber spätestens mit achtzig werde ich gähnen, ohne die Hand vor den Mund zu halten, und Lena hat plötzlich in mein Nackenhaar gegriffen, nur schnell, nur spielerisch, was bist du eigentlich für einer? hat sie gefragt, ich habe es nicht gewußt, und hätte ich es gewußt, so hätte ich nicht antworten können, denn nach Lenas Griff in mein Nackenhaar und ihrem Wechsel vom Sie zum Du war an Schlagfertigkeit nicht mehr zu denken. Erst in der Nacht, im Bett, habe ich meinem Kopfkissen eine Art Antwort gegeben: Was für einer ich bin, weiß ich nicht, aber ich fürchte, daß ich, um deine Liebe zu gewinnen, ein anderer sein müßte, als ich bin. – So hat der junge Mann empfunden, nach einem Abend wohlverstanden, der ihn, wäre er gläubig gewesen, eines Besseren hätte belehren können. Zum Glück war er nicht gläubig, zum

Glück ließ er sich von Lenas Zeichen der Gunst zunächst nur skeptisch beseligen, nicht aber sinnlos betören. Es schien ihm, bevor er einschlief, klar, daß seine Beschaffenheit für eine Frau wie Lena ungenügend war, er nahm sich vor, sich zügig zu verändern.

Mein Gott, in welcher Einfalt habe ich gelebt, vierundzwanzig war ich, stell dir das vor, und hielt noch immer alle Frauen, nicht nur Lena, für höhere Wesen, deren Wunsch und Tagwerk es war, die Männer abzuwehren. Man mußte rein sein, um Aussicht zu haben auf die Neigung der Reinen, dies schien mir ausgemacht, obwohl ich nicht einmal katholisch war. Hingegen ist mir neulich etwas Versunkenes ins Gedächtnis gerutscht, die Mutter sperrte mich manchmal, da mir das Zähneputzen lästig war, im Badezimmer ein, und es gab keine Hoffnung, herausgelassen zu werden und den Gutenachtkuß zu empfangen, ehe ich nicht reinen Atems durchs Schlüsselloch gehaucht hatte, aber ich schweife ab, ich wollte sagen, daß ich in Liebesdingen ohne Ahnung war. Hätte ich wachere Sinne gehabt, so wäre mir nicht entgangen, daß Frauen aus dem gleichen Teig geknetet sind wie wir, und zweitens hätte ich sehen müssen, daß selbst die erbärmlichsten Strolche ihre Liebhaberinnen fanden, weshalb das Geliebtwerden ein Geschenk sein mußte und nicht ein zu verdienender oder verdienter Lohn. Dies alles sah ich nicht. Und habe keinen Anlaß zu verschweigen, daß mein Doppelwahn noch heute in einem Seelenwinkel nistet und sich in der Form einer seltsamen Scham wieder zeigt, sobald ich in der Straßenbahn erlebe, wie sich ein an und für sich zauberhaftes Mädchen die Zunge ihres Flegels in den Mund stoßen läßt. Vergangener Verklemmtheit gedenkt man dann mit Wehmut, und wir schlenderten also durch den Juliabend, Lena und ich, und fragten einander dies und das, und jedesmal, wenn ich etwas von mir erzählte, blieb Lena auf dem Waldweg stehn, wandte sich mir zu und schaute mir in die Augen. Ich aber kann nicht gleichzeitig reden und in Augen schauen, ich habe es nie gekonnt, das Aufeinanderruhen zweier Augenpaare empfinde ich als so intim und fesselnd, daß meine Denkbewegung stockt und ich vergesse, was ich sagen wollte. Es war also Juli. Daher dein Name. Lena lehnte sich an einen Baum, an eine Buche, glaube ich, an einen hellgrauen Stamm jedenfalls, sie stand auf dem linken Bein, das rechte kreuzte es in Wadenhöhe und berührte die Erde kaum. Der Rücken der linken Hand stützte sich leicht auf die Hüfte, während der rechte Arm so angewinkelt war, daß die Hand beziehungsweise die Kuppe des gestreckten und ans Wangenbein gelegten Zeigefingers dem seitwärts geneigten Kopf Halt geben konnte oder hätte geben können. So stand sie, so steht sie.

Ich muß vorausschicken, sagte Lena nach einer halben Minute der Abwesenheit, daß ich eine unselige Eigenschaft habe. Sie kann, ohne deswegen entschuldbar zu sein, als Kehrseite einer positiven gedeutet werden, als Schatten eines Vorzugs sozusagen: Ich bin in hohem Maß empfänglich für Eindrücke aller Art. Aber ich habe die Neigung, mich von ihnen überwältigen zu lassen, statt sie angemessen zu filtern. Das gilt auch von meinen Impulsen und Ideen, sie sind da: sie sind gültig. Ich kann mich so in etwas hineinsteigern, daß ich vorübergehend blind werde für alles, was mich korrigieren und meiner fixen Vorstellung gefährlich werden könnte. Irgendwann, meist schon nach kurzer Zeit, löst sich die Verkrallung von selbst, es fällt mir wie Schuppen von den Augen – und ich verkralle mich erneut, ist das nicht gräßlich? Und dürfte man nicht erwarten, daß ein durchschauter Mechanismus seine Macht verliert? Wie auch immer, das wollte ich schnell beichten, damit du das Folgende besser verstehst und mich nicht auslachst wie ein kleines Mädchen. Im übrigen bist du zwei Jahre jünger als ich, dein Alter stand ja in der Zeitung. Ich habe ihn also, wie gesagt, ausgeschnitten, diesen Bericht, und aufgehoben, sei es, weil deine ritterliche Tat mir imponierte, sei es, weil mir dein Bild gefiel, ich weiß es nicht, ich sammle manches. Und letzte Woche stieß ich in der Zeitung auf etwas anderes, auf eine Meldung der Urner Kantonspolizei, wonach an der Nordwand des Clariden ein Bergsteiger tödlich verunglückt sei. Wer kennt diesen Mann? stand unter dem Foto des Unbekannten, und ich glaubte ihn zu kennen, nur wußte ich nicht, woher. Erst in der folgenden Nacht, ich schlief schon fast, ist es mir plötzlich eingefallen. Ich stand nochmals auf, und tatsächlich, erschrick nicht, je länger ich dein Bild mit dem Bild des Toten verglich, umso mehr Ähnlichkeiten sah ich. Ich war bald überzeugt, und die

Gewißheit verhinderte die Wahrnehmung der Unterschiede, die Seele hatte nun einmal den Hang, die zwei Gesichter zusammenzutun, von denen sie anscheinend berührt worden war, ich schäme mich, ich entschuldige mich, närrische Gans ich. Und am anderen Morgen hatte ich wieder Zweifel, das Kinn des Abgestürzten schien mir energischer und breiter als das des Ritters der Straße. Am Abend schien mir gerade das Kinn bis zur Ununterscheidbarkeit ähnlich, und um der Sache ein Ende zu machen, griff ich zum Telefonbuch. Das Weitere wissen wir, sag du jetzt etwas, sag etwas, du.

So Lena.

Und ich, wie ein träumender und plötzlich aufgerufener Schüler, benagte die Lippe. Dabei hatte ich nicht eigentlich geträumt, höchstens geglaubt, daß ich träume. Es konnte ja nicht sein, daß diese Frau und ich, beide an einen Baumstamm gelehnt, uns gegenüberstanden, im Abendwald und allein. Daß diese Sätze, mit dieser Stimme gesprochen, für mich bestimmt sein sollten: geträumt, geträumt, ich bin kein Auserwählter. Was aber Lenas Bericht als solchen angeht – ich habe ihn trotz aller Ablenkung im wesentlichen mitbekommen –, so fand ich ihn mehr kurios als kränkend, obwohl es natürlich Hübscheres gibt, als mit einer Leiche verwechselt zu werden und einem Abgestürzten für seinen Absturz dankbar sein zu müssen. Ich sagte also, da Lena mich erneut zum Reden nötigte: Ein Toter hat uns zusammengeführt. – Lena starrte zu Boden, es war, als sei mein Satz, kaum ausgesprochen, selbst abgestürzt und liege nun im Moos vor ihren Füßen. Nach einer Weile schaute sie auf und sagte munter: Ja, ein Toter und ein Schwerverletzter, wir aber leben. – Und wie zum Beweis und wie im Scherz räkelte sie sich ein wenig, strich sich kurz über die Hüften und schmiegte ihren Körper rücklings an die Buche.

12

Manchmal, heute sehr, ist mir die Vorstellung, eine der vierzig Benediktinerinnen zu sein, die drüben auf der Insel, im Kloster Mater Ecclesiae, ihr leises und männerfreies Leben leben, verlockend. Oft, heute sehr, denke ich an die junge Schwester, die ich vor ein paar Tagen in der sonst menschenleeren Sankt-Julius-Basilika zu einer Seitenschiffkapelle huschen sah, wo sie die stehende Figur des heiligen Soundso mit einem Lappen entstaubte. Das würde auch mir genügen, denke ich jetzt, nach leidigen Stunden mit Josef.

Gegen elf, ich hatte ausnahmsweise tüchtig ausgeschlafen und eben erst die Läden aufgestoßen, klopfte es. Ich öffnete im Nachthemd und im Glauben, daß mich die Nachbarin mit einer Sonntagssüßigkeit verwöhnen wollte. Er sagte nichts, er fragte nichts, er nahm mich sofort in Besitz, sein Drang erregte mich, ich ließ es geschehen und hörte mich atmen, dann war mir schal. Er brach eine Packung Papiertaschentücher auf, es tönte wie ein schallgedämpfter Schuß, nahm eines, schüttelte es, bis es entfaltet war, und legte es auf meinen Bauch. Er nahm ein zweites, schüttelte es, bis es entfaltet war, und trocknete seinen Bereich. Man war jetzt eher allein. – Hast du Eier? fragte Josef. – Ja. – Schinken? – Nein. – Ich bin um sechs Uhr losgefahren, sagte Josef, und seine Hand lag schwer und satt auf meiner Brust. Ich bleibe bis morgen, sagte er. – Du willst nicht wissen, ob du willkommen bist? – Geh, sagte er lachend, du hast mir die Antwort gerade gegeben. – Ich schwieg und verabscheute mich. Ich machte ihm drei Spiegeleier, die er behaglich aß. Er redete von der Klinik, von Aspirationen und Intrigen sowie von willigen Krankenschwestern. Daß die auch ihn und ihn vor allem wollten, betonte er. Was machst du eigentlich in diesem Kaff? fragte er beiläufig, und da ich nicht sofort antwortete, fragte er beiläufig: Was ist denn das dort? – Es ist ein Nietzsche-Plakat, sagte ich. – Oh, sagte er, hast *du* es aufgehängt? – Nein, sagte ich, mein Vater, wir sind hier in der Wohnung meines Vaters. – Potztausend! rief er, hast *du* einen gebildeten Papa! – Und im Wunsch nach vereintem Verlachen zwinkerte Josef mir zu. – Schneit es drüben noch immer? fragte ich. – Ich habe einen Fünfzehnstundentag im Bunker, sagte er, und ins Bett schneit es auch nicht. – Er lachte allein. Er kniff mich in die Wange und sagte: He du, jetzt bist du seit bald zwei Wochen im sonnigen Süden und läßt die Ohren noch immer hängen, ich schlage dir ein Renormalisierungsprogramm vor: wir machen jetzt ein zweites schönes Nickerchen, am Abend essen wir feudal, dann machen wir ein schönes langes Nickerchen, und morgen fahren wir nach Hause, ist das ein Angebot? – Ich schaute ihn an. Er sah blendend aus, und Frauen wie ich waren schuld, daß er sich unwiderstehlich fühlte. Ich schaute in sein Gesicht, ich nahm es in Schutz vor meinem lieb- und gnadenlosen Blick, und es blieb trotzdem wie glasiert und seltsam spurlos. Josef, sagte ich, ich möchte nicht, daß du über Nacht bleibst, und ich werde morgen nicht mit dir reisen, ich habe hier noch zu tun. – Soso, du hast hier noch zu tun, sagte Josef, das habe ich fast vermutet, wie heißt er denn, heißt er am Ende Romeo? – Ach, sagte ich, daher dein Überraschungsbesuch. – Du hast nicht geschrieben, du hast nicht angerufen – man könnte wirklich auf Gedanken kommen. – Man sollte sogar, sagte ich, aber nicht auf die falschen, nicht immer auf die falschen. – Julia, die ganzen Freunde fragen nach dir, und ich weiß nichts und bin der Dackel, man kann doch nicht einfach verduften. – Man kann und muß und sollte dürfen, von Zeit zu Zeit und für ein Weilchen jedenfalls. – Dein Weilchen ist inzwischen eine Weile, sagte Josef. – Stimmt, sagte ich, und wenn du gestattest, so hänge ich noch drei Minuten an.

Als ich von der Toilette zurückkam, stand Josef vor der Kommode, auf der meine Blätter liegen. Er las darin, er sagte, ohne sich umzudrehen: Du schreibst hier also deine Memoiren, das hättest du gleich sagen können.

Wonach greifen? Womit ihn erschlagen? Mit welchem Wort ihn wenigstens verwünschen? Ich stand nur da, samt meinem Zorn wie eingekapselt von sekundenschnell zunehmender Fühllosigkeit. Bevor sie die Zehen erreichte, setzte ich mich. Jetzt drehte sich Josef um. Der überlegene Zug um seine Mundwinkel – sein Markenzeichen, sein Lockmittel – verschwand. Ich hörte allerlei begütigende Redensarten, und erst als Josef, da sie nicht wirkten, dazu überging, mich mit den Händen anzutasten, regte ich mich und stand auf. In diesem Augenblick hörte ich das Glockenspiel von San Giulio, erweichend, ich atmete durch und fühlte mich wieder. Und Josef stand da in seinem zerknitterten Leinenanzug, bekümmert und fast rührend hilflos, ein liebes Erinnerungsbild. Aber ich hatte jetzt keinen Anlaß mehr, ihm zu sagen, daß seine schwächere Seite die stärkere sei, daß er, um liebenswert zu sein und nicht bloß attraktiv, nicht unbedingt den pausenlosen Weltmann spielen müsse.

Draußen auf der Piazza schien er dann wieder der alte, plauderte, knabberte lässig am Bügel der Sonnenbrille und war in Gang und Erscheinung von den Mailänder Sonntagsgockeln ununterscheidbar.

Ab sofort kein böses Wort mehr.

Den Weg hinauf zum Sacro Monte gingen wir still. Und während mir im knarrenden Eichenbett noch nicht bewußt gewesen war, daß das Geschehende – mit diesem Mann – zum letzten Mal geschah, so war jetzt jeder Schritt mit ihm der letzte. Der blaugrüne See unter uns, die unbegreifliche Insel, die Wellen der Hügel am anderen Ufer: nichts von alledem würde je wieder gleichzeitig in die gleichen vier Augen fallen. Wäre alles, was man erlebt und was einem begegnet, von diesem Niewieder-Gefühl begleitet, so dürfte man sich zwar für weise halten, verbrächte seine Tage aber so wie ich die heutigen Stunden: entgeistert irgendwie und wie verhöhnt und innerlich wimmernd. Nicht auch gelöst? Nicht auch merkwürdig aufgeräumt? Doch. Doch, ein wenig auch das.

Wie grün hier alles schon ist, sagte Josef. Wir standen auf dem Aussichtsplateau und im Frühling. Wirklich schön, sagte Josef und legte probeweise einen Arm um meine Schulter. – Komm, sagte ich, werfen wir noch einen Blick in die Kapellen. – Gern, sagte Josef. – Es sind nur zwanzig, sagte ich, und Josef lächelte gequält.

Und während des schweigsamen Abstiegs überlegte ich mir, mit welchen Sätzen ich es sagen könnte. Plötzlich blieb Josef stehen. Ich bin doch immer noch der gleiche, der dir zwei Jahre lang gefallen hat, und jetzt – es ist nicht logisch, und du schläfst mit mir und jagst mich fort, ich verstehe es nicht. – Ich auch nicht, sagte ich und fand mich bequem, denn so verwickelt, daß ich mir die Entwirrung hätte schenken dürfen, war der Knäuel nun auch wieder nicht. Und andrerseits: Wie viel Kleinliches wäre herausgekommen, wenn ich mich eingelassen hätte auf Darlegung, Begründung, Aufzählung. Ich nahm also Zuflucht zum herkömmlichen Repertoire, sprach von der Logik des Herzens sowie vom Ablauf der Zeit, davon, daß sich meine und seine Entwicklung als eine Entwicklung weg voneinander erwiesen habe et cetera. Und um nicht alle Schuld dem Walten der Zeit und des Schicksals in die Schuhe zu schieben, nannte ich mich eine mangelhafte und schwierige und vermutlich beziehungsgestörte Frau, die ihm nicht geben könne, was er brauche, und so fort. Meine wohlfeilen Sätze, angesiedelt im Dunstgelände zwischen Richtig und Falsch, beelendeten mich so, daß Josef, im Glauben, ich sei vor Trennungstrauer und Zerknirschung den Tränen nah, mich zu trösten versuchte, indem er seinerseits und erstmals von seinen Fehlern und Marotten sprach und mir die meinigen verzieh und einen Neubeginn vorschlug. So rächt sich Feigheit.

Im ebenerdigen Laubengang des zierlichen Palazzo, der lieb und schief und etwas eingeschüchtert am Nordrand der Piazza steht, gelang mir der Klartext. Und Josef kam noch schnell in meine nahe Wohnung, um sein Lederköfferchen zu holen. Er wirkte weder grimmig noch sonderlich betrübt und bat mich sogar, ihn noch zum Parkplatz oberhalb des Städtchens zu begleiten. Daß die Dachantenne seines Autoradios abmontiert worden war, sah er von weitem, es schien ihn härter als alles zu treffen, und ich hörte erleichtert, wie er Italien verfluchte.

Aber meine beschwingten Schritte auf dem Rückweg waren mehr eine Absichtserklärung als ein Seelenspiegel, und wie ich dann im Park des Palazzo communale auf einer Bank saß – die Sonne war eben hinter die Hügel gefallen, der See münzte das milchige Orange des Himmels zu Gold –, da wurde mir elend und bang, und Atemnot, die Geißel meiner Mädchenjahre, fiel mich an. Den Schimmer eines Heimatgefühls, immerhin, hatte ich in Josefs Armen manchmal gehabt, jetzt waren Arme und Schimmer weg, und ich sah mich, obwohl ich die Verlassende war, verlassen, sah hinter mir Verluste, vor mir Abschiede, kam wieder zu Atem und weinte ein wenig. Und als ich bemerkte, daß ich eine weinende Dame im Park war, floh ich in die Wohnung, wo ich als erstes die Bettwäsche wechselte. Dann setzte ich mich an den Tisch, mit Bardolino und Grissini-Stengeln, und zur gleichen Zeit gingen auf der Insel die Scheinwerfer an, die den Turm der Basilika und das mächtige Kloster beleuchten, ich schaute eine Weile hinüber, und die Vorstellung, eine der vierzig Benediktinerinnen zu sein, war mir verlockend, während ich jetzt – Mitternacht ist vorüber – mit keiner der schlummernden Schwestern tauschen möchte.

13

Das hieße also, daß ich mein Dasein zwei Unglücksfällen zu verdanken habe. – Letztlich und sozusagen ja, sagte der Vater matt, aber gezeugt bist du noch nicht, beim ersten Treffen noch nicht, beim zweiten Treffen, drei Tage danach, noch nicht, ans zweite Treffen erinnere ich mich eher schwach, Lena trug Jeans, das weiß ich noch, mit einer Knopfleiste an der Innenseite des Beinabschlusses, das weiß ich noch, weil sie mit einem der Knöpfe gespielt hat, während sie von ihrer Tätigkeit als Konferenzdolmetscherin erzählte. Sie kannte die halbe Welt und drei von sieben Bundesräten, und ich saß ihr gegenüber in der Gartenwirtschaft neben dem Zoo und war ein Wurstsalat essender Knirps. – Das ist ja seltsam, sagte ich. – Was? fragte der Vater. – Das mit den beiden Unglücksfällen, die euch zusammenführten, und wie seltsam und schrecklich auch, daß Mutter wenige Jahre später selbst tödlich verunglückt ist. – Der Vater schwieg lange, er lag mit geschlossenen Augen, und nur das Zucken der Brauen und Lider zeigte, daß er nicht schlief. Dann sagte er leise: Ja, tödlich verunglückt – man kann es zur Not so nennen. – Was soll das heißen? fragte ich, aber er antwortete nicht, und da ich mich inzwischen an seine gelegentlichen und kaum nachvollziehbaren Gedankenschrullen gewöhnt hatte, war ich nur kurz befremdet und insistierte nicht weiter. Es wäre auch zwecklos gewesen, denn der Vater geriet jetzt, was hin und wieder vorkam, wenn er lag, in einen Zustand, den ein Fachmann vielleicht als delirant bezeichnen würde, wogegen ich den Ausdruck ›monologisch‹ setze, er scheint mir passender für diesen Zustand, an dem ich nichts Krankhaftes finde, sowenig wie am Tagtraumtanz von losen Vorstellungen. Es war einfach so, daß dem Vater zwar nicht das Bewußtsein meiner Gegenwart abhanden kam – er sprach mich manchmal an und stellte sogar Fragen –, wohl aber das Gesprächsbewußtsein: Sein Reden schloß die Gegenrede aus, es kam aus großer Eingesponnenheit und folgte anderen Gesetzen als denen der Verständigung, was mich nicht daran hinderte, es zu erfassen. Im Grunde war es ja nur weniger gegliedert und gebändigt, nur abgerissener und unwillkürlicher als sonst. Ich habe den Ton im Ohr, den Geist im Geist und einzelnes im Kopf – trotzdem und selbstverständlich: ein wortgetreues Protokoll ist undenkbar; ein treues möglich.

Mir schwebt etwas vor immerfort, aber was, nicht braune Zähne und Klauen, aber was, ein kleines Ja eine Feuerlilie ein schlupfwinkliger Schoß, man weiß es nicht, man hascht wie der rothaarige Briefträger und Vorgänger des Vaters, lag plattgedrückt, ich hab's ja gesehn, hab ja das rasende Roß noch gesehn mit der Ackerwalze aus Stein, und liegt und hascht mit beiden Armen, als wolle er noch Fliegen fangen, und hascht nach Wind, der arme Hund, siehst du, in Wahrheit geht nichts verloren, vom Wiener Hündchen habe ich erzählt, nicht wahr, vom Boxkampf in Boca Chica noch nicht, und ein anderes Hündchen, es war ein Hund, hat Jakob töten wollen, Jakob den Hund, den kranken, und Jakobs Bub hieß Jakob, mein Indianerkumpan, wir haben nicht hingeschaut und den Schuß gehört und das Aufjaulen gehört, und statt tot zu sein, läuft er weg, der Hund, wir hinter ihm her, schreiend der Blutspur nach durchs ganze Dorf, liegt plötzlich riesig vor uns, winselt das Leben aus, und in die Welt hinein ragt sein signalroter Stift, ich habe lebenslänglich nicht verstanden, warum die Frauen, warum die Frauen, ich meine, Brüste sind mir ja lebenslänglich fremd gewesen, die ewig frische Unbegreiflichkeit von Brüsten hat mich toll gemacht, süchtig, denn sie sind fremd *und* schön – im Unterschied zu unserem gerippten und schroffen Knorpelstab samt seinem scheinheilig rosavioletten Hut, eine Zumutung, fremd *und* häßlich, ihr müßtet alle verstört sein, und wenn nicht verstört, so wenigstens entsetzt, statt dessen, statt dessen, mir kann es ja recht sein, hat es ja recht sein können, und ich verstehe auch anderes nicht, da lebt man so schneidig, vergrößert den Tageslärm, verstrickt sich ins Triebwerk, scheißt mit dem Expreßkurs für Business Englisch auf den Knien, man strotzt und rollt und hört sich Paßworte wechseln, geht mit dem Lob des Chefs ins Bett und stellt den Wecker auf *halb* sechs statt auf sechs, und nie das leiseste Grauen beim Hören des Tickens der Uhr, verkommen verödet verdumpft, nur manchmal in Orta ein Anflug, ich hab es nicht ausgehalten in Orta mit mir, höchstens zwei Tage lang, trank den Campari mit Hast, hungernd nach drängenden Pflichten, also energisch in den Augen der Welt und in den eigenen Augen und in Wahrheit ein schlafender Tümpel, nein ein toter Tümpel voller Faulschlamm, ich sage dir, ich kenne meinesgleichen, und meinesgleichen, das sind die anderen Weltbeweger, die anderen Tempomacher und Trompeter, die tätige Brut, sie sorgt dafür, daß bald kein Mensch mehr mitkommt, daß man, kaum aus dem Haus getreten, schon überholt ist, unwürdig, unwürdig, falsche Lebendigkeit, falsche Bewegung, und sind doch Kinder gewesen, bevor sie Dilettanten wurden, und sind doch sterblich wie Schnecken, nun also, ich bin ja umgesiedelt und jünger als auch schon, obwohl, der Nußknacker ist seit Jahrzehnten der gleiche, die Nüsse sind nicht härter geworden, es liegt an den Händen, und Frost und Hitze im Innern bedeuten jetzt Grippe und bedeuteten früher, du weißt schon, ich rate dir, nein, ich rate dir nichts, aber ich habe neulich gelesen, die Gegenwart dauere nur drei Sekunden, wissenschaftlich belegt, und wäre ich nicht im Dämmer gewesen, so dürfte ich sagen: das habe ich immer befürchtet, aber eben, ich habe nichts befürchtet, jetzt bin ich unersättlich, und andrerseits kann ich jetzt wieder sehen, in Ruhe, und da mir, was ich sehe, ein schreiendes Zeugnis ist, reift auch der Überdruß, und wenn sich Unersättlichkeit und Überdruß die Waage halten, sind wir am Ende der Mühsal, vielleicht, und schlurfen mit der Urne unterm Arm aus freien Stücken ins Krematorium, vielleicht, vorher ist freilich noch allerhand zu tun, muß mich bewähren, bin ja nur auf Bewährung frei und stehe sozusagen nur auf Probe im Dienst der Ungeschäftigkeit, die Zeit ist reich und sanft und dehnt sich freundlich, und die verwichenen Jahre ziehen sich zusammen und füllen keine Seite, ein Haschen, und im Beisein des Dorfes hat man die Trauerfeier abgehalten für den rothaarigen Vorgänger des Vaters, wir Sonntagsschüler sind auf der Empore gesessen, die Orgel ist immer ein paar Töne weiter gewesen als die singende Gemeinde, und ich habe die Stimme meiner Mutter aus hundert Stimmen herausgehört und wie immer befürchtet, daß alle anderen sie auch heraushören, und mich ein wenig geschämt, dabei hat Mutter zeitlebens sehr schön gesungen, nur pfeifen konnte sie nicht, die Mutter pfiff nie, sie hat dich zweidreimal gesehn, als Baby, hat jedesmal ein paar Tränen geweint aus Mitleid mit mir oder dir oder beiden, von Lena hat sie nichts wissen wollen, das war für sie eine Dings, und der Vater hat finster genickt dazu, und vor zwölf Jahren, als ich den ersten und einzigen längeren Urlaub in meiner Laufbahn machte und für zwei Wochen unerreichbar war, ist sie gestorben, die Mutter, ich komme heim, den gebrochenen kleinen Finger im Gips, und sie ist tot und begraben, ich meine bis heute, sie sei noch am Leben und warte auf den Anruf des dürftigen Sohns, der auch ein dürftiger Vater war, umständehalber, umständehalber, aber was Lena betrifft, Lenas Geschick, so bin ich nicht schuldig, sie hat einen tödlichen Mangel gehabt, von Natur, das Mittlere hat ihr gefehlt, wie soll ich sagen, das Moderato des Gemüts, zwischen Sprudeln und Stocken gab es für Lena nichts, sie glühte vor Lebenslust, tagelang, wochenlang, und irgendwann kam der Morgen, an dem sie aufwachte und sich in tiefer Verdüsterung fand, starr vor Lebensmüdigkeit, wie ohne Erinnerung an vergangene Freuden, durchdrungen vom Gefühl der Sinn- und Heillosigkeit, und obwohl ihr furchtbarer Zustand nie länger als vier bis fünf Tage dauerte, glaubte sie jedesmal, daß er kein Ende mehr nehme, sie kehrte sich ab, kein Zuspruch half, sie gab dich zu Myrta, ihrer verheirateten Freundin, und manchmal, selten, zu mir, und dann war plötzlich der Morgen da, an dem sie neugeboren erwachte, sie wusch ihr Haar und machte sich schön für das Leben, und man verblaßte neben ihr, so ist es gewesen, bis es nicht mehr so war, und niemand weiß, was geschah in der klaren Januarnacht, im nahen Wald, ein Sternenpfad, ich glaube, sie folgte einem Sternenpfad und fand den Weg zurück nicht mehr.

Sie hat sich also ...?

Du weißt es nicht?

Nichts, nichts weiß ich, als daß man mich belogen hat die ganze Zeit.

Man weiß nichts Näheres.

Sie hat sich ...?

Man kann es zur Not so nennen.

Was soll das heißen?

Es tönt zu aktiv, die Augen sind ihr einfach zugefallen.

Schlaftabletten?

Die gleiche Dosis, die sie jeden Abend nahm in ihren dunklen Tagen, mehr nicht, das wurde festgestellt.

Das heißt, sie ist erfroren.

Ja, erfroren.

Könnte es sein, daß sie es gar nicht wollte und gegen ihren Willen einschlief?

Es könnte sein, man kann sie nicht mehr fragen.

Hat Mutter einen Abschiedsbrief geschrieben?

Sie hat mich angerufen.

Wann?

An jenem Abend, so gegen acht. Sie sagte: Die Julia braucht dich jetzt. – Ich sagte: Mit anderen Worten, du möchtest ausgehen. – Versteh es, wie du willst, sagte sie und legte auf. Ich war verärgert, ging aber hin. Ich klingelte, es öffnete niemand. Die Wohnungstür war unverschlossen. Keine Lena, kein Kind. Beunruhigt war ich nicht, nur wütend auf sie und auf mich. Sie pfeift, und ich trabe los, dachte ich, und zwischen Pfiff und Ankunft ändert sie ihren Sinn und ihr Abendprogramm. Ich wartete eine Stunde. Dann rief ich Myrta an und fragte, ob sie etwas wisse, Lena habe mich herbestellt, um Julia zu hüten, es sei aber niemand da. Komisch, sagte sie, Julia ist doch seit gestern bei uns. – Geht es Lena nicht gut? fragte ich, und sie sagte, sie habe um halb acht noch mit ihr telefoniert und sie nach ihrem Befinden gefragt, und Lena habe gesagt: Ich glaube, es geht aufwärts.

Und dann?

Dann habe ich auf einen leeren Zettel, der auf

dem Schreibtisch lag, einen Gruß und ein Schlafgut gekritzelt, und als ich schon im Mantel war, schon unter der Tür, bin ich zum Zettel zurückgegangen aus Angst vor einem Fehler, vor einem Rechtschreibefehler. Ich habe die Lampe nochmals angemacht und den Zettel in die Hand genommen. Da tauchte im durchschimmernden Gegenlicht eine andere Schrift auf, ich wendete das Blatt und las: Ein Sternenpfad, ein Schneegemach und keine Weltgeräusche.

Von Mutter geschrieben?

Von Lena geschrieben, mit Bleistift und fein.

Hast du dir nichts dabei gedacht?

Ich habe es nicht übersetzen können, ich habe die Bedeutung ihrer Worte nicht erfaßt.

14

Welch ein Duft, hast du Damenbesuch gehabt? – Herrenbesuch, sagte der Vater. – Schön, sagte ich, du öffnest die Tür also wieder. – Wo denkst du hin, der Herr hat einmal lang und einmal kurz geklingelt, genau wie du, weiß Gott warum, da habe ich geöffnet, du mußt in Zukunft dreimal läuten, dreimal kurz, der Herr war mein Chef. – Zum Glück bist du im Morgenrock und unrasiert. – Ach, sagte der Vater, ich hätte auch im Smoking öffnen können, Dubs hätte nicht daran gezweifelt, daß ich schwerkrank bin, für sein Verständnis kann ein Mann von meinem Pflichtgefühl und meiner Tüchtigkeit nur schwerkrank oder tot sein, wenn er sich im Betrieb nicht blicken läßt. – Was habt ihr geredet? – Geschäftliches, glaube ich, ich habe ihm nicht zugehört, mir übrigens auch nicht, ich habe mich nur *gehört* und ständig gedacht: Wer redet da, wo kommt denn diese Stimme her und dieser Tonfall, der tut, als sei die Wirklichkeit ein Kinderspiel? – Wie tönt ein solcher Tonfall? fragte ich, er sagte: Schauderhaft. – Hat Dubs gefragt, wie lange du noch wegbleibst? – Darf ich schnell duschen, sagte der Vater, und könntest du lüften inzwischen, es ist alles ein wenig unrein geworden.

Summend kam er zurück. Ich schloß die Fenster und fragte, wie er mit Dubs auskomme und was für ein Mensch Dubs sei. – Du hast es ja gerochen, sagte er, vergessen wir Dubs. – Vater, sagte ich, du hast mir viel Vergangenes erzählt, es gibt doch auch Vorgegenwart und Gegenwart. – Was kann ich dafür, sagte er, daß mir am Hinterkopf zwei Augen aufgegangen sind? Ich bin im Ruhestand, ich bin erfüllt vom Frühen, und das ist meine Gegenwart, nicht Dubs, der Zeitgenosse und leere Bruder im Geist, was quälst du mich. – Ich wollte dir nur zu erkennen geben, sagte ich, daß mich auch anderes interessiert als das, was mich betrifft, darf ich nicht fragen, wie du gelebt hast im Zeitraum zwischen Mutters Tod und heute? – Freilich, das darfst du, sagte er, nur kann ich mit Details nicht dienen, ich habe Siebenmeilenstiefel angehabt. – Wie auch immer, du bist ein Mensch unter Menschen gewesen, ein Bürger und Zeuge, ein Bewohner der Welt, du hast dir Gedanken gemacht, du hast Gefühle gehabt, Meinungen, Überzeugungen, du kannst mir nicht weismachen, daß du alles vergessen hast. – Ja, also nicht wahr, sagte der Vater nach einigem Husten, ich bin ja Sachbearbeiter gewesen, die Kontaktpflege mit internen und externen Stellen gehörte natürlich zu meinen Pflichten, auch habe ich unsere Abteilung auf EDV umgestellt, nicht wahr, und was die organisatorischen und administrativen Belange angeht, so waren sie zahlreich. – Dann werde ich jetzt gehen, sagte ich, ich schätze es nämlich nicht, wenn man sich über mich lustig macht.

Verständnislos, entgeistert sah er mich an. Ich schwieg. Ich war überfordert. Stimmt etwas nicht? fragte er. Ich atmete tief aus. Vielleicht war auch *er* überfordert, vielleicht konnte sich niemand verschiedene Lebensabschnitte zugleich und auf einmal vergegenwärtigen. Und war nicht ich es gewesen, die seinen Geist dazu veranlaßt hatte, in eine ganz bestimmte Zeit zurückzukehren? Woher nahm ich das Recht, den Verweilenden zu stören und durch die Epochen zu hetzen? Er schuldete mir keine Rechenschaft, und ich verstand jetzt seine Antwort als die Antwort eines Bedrängten. Bekümmert saß er da, wie ein Kind, das nicht weiß, warum man ihm über den Mund gefahren ist, und das sich trotzdem schämt. Es tut mir leid, sagte ich. Es tut mir leid, sagte er. Wir lächelten ein wenig. Er fragte, ob ich verkraften könne, was er mir gestern erzählt habe. Ich sagte, ich wisse es nicht. Ich sagte, daß ich zwischen Empörung und hilflosem Mitgefühl hin und her gerissen sei. Als empörend empfände ich die Rücksichtslosigkeit der Mutter mir gegenüber, dem Kind gegenüber, das ihrer so sehr bedurft hätte und umso abhängiger von ihr gewesen sei, als es ja den Vater als einen eher fremden und eher abwesenden habe empfinden müssen. Aber diese ungeheuerliche Rücksichtslosigkeit zeuge eben auch von der Tiefe der Not und des Elends, und der Gedanke *daran* entsetze und erbarme mich. Vergiß nicht, sagte der Vater, daß wir nicht wissen, was geschah, fest steht: die Mutter hat dich geliebt, abgöttisch, das ist der Grund, warum wir zweifeln müssen an ihrer Absicht zu sterben, sie wollte es vielleicht *ein wenig* tun, *ein Stück weit* tun, wie jemand, der sich aus dem Fenster des zwölften Stockes lehnt, sich fallen läßt im Geist, das Gleichgewicht verliert und wirklich fällt, verstehst du, das ist kein eigentlicher Freitod, das ist der Sog der Möglichkeit. – Du hast mir gestern erzählt, sagte ich, daß ihr Gemüt sich über Nacht und scheinbar grundlos hat verdüstern können, wäre es nicht denkbar, daß auch äußere Umstände von Bedeutung waren, daß Probleme sie drückten, berufliche oder private? – Diesen Eindruck hatte ich nie, sagte er, die praktischen Probleme zum Beispiel, die sich einer Frau mit Kind und Beruf stellen, hat sie mit Leichtigkeit, ja förmlich lustvoll gelöst, ich habe sie nie klagen hören, auch Geldsorgen hatte sie nicht und wäre sogar ohne meine Alimente ausgekommen. – Männer? Beziehungen? – Ich weiß es nicht. Sie war verlobt, als ich sie kennenlernte, mit einem Franzosen, und die Verlobung wurde aufgelöst, als Lena schwanger war, und die Beziehung abgebrochen, ob von ihm oder ihr weiß ich nicht, ich weiß nur, daß ich trotzdem nicht in Frage kam, als Ehemann nicht und nicht als Geliebter, sie hat mir nur die Rolle des Erzeugers zugedacht. Ob sie andere Männer erhörte, kann ich nicht sagen, in ihrer Wohnung jedenfalls traf ich nie einen an, auch keinen Rasierschaum und so. – Und den Franzosen hast du nie gesehen? – Nein, sagte der Vater, aber ich bin auf seinen Spuren gewandelt, und ich verdanke ihm sehr indirekt den gebrochenen kleinen Finger, möchtest du die Sache hören? – Gern, sagte ich, aber sag mir doch vorher noch schnell, warum der Franzose, wie du einmal angedeutet hast, aus Termingründen nicht mein Vater sein kann, was heißt das konkret? – Das gehört schon zur Sache, antwortete er, zu ihrer Vorgeschichte jedenfalls, also.

Vor zwölf Jahren, ich war achtunddreißig, habe ich meinen ersten Urlaub genommen, drei Wochen, auf Anraten meines Arztes, ich hatte geringfügige nervöse Störungen, die sich am aufdringlichsten in einem Zucken des rechten Augenlids äußerten. Ich fuhr nach Orta, wo ich mir etwas Ruhe gönnen wollte und wo mich ein prächtiger März empfing, allein, ich hielt es nicht aus und reiste nach drei Tagen zurück. Ich saß in meiner Stube und studierte die Weltkarte. Da fiel mein Blick auf Hispaniola, auf Santo Domingo fiel mein Blick, und Lena tauchte auf und Jean-Lucs Ohr, in das hinein sie ihr fragiles Jawort hauchte. Das war in Santo Domingo gewesen, vor zirka hundert Jahren, acht Wochen vor deiner Zeugung, um ganz genau zu sein. Er stand dort im diplomatischen Dienst, und Lena hatte ihn besucht, und weil es zwischen ihrem Besuch und unserer Sommernacht kein weiteres Treffen der beiden mehr gab, kannst du nicht seine Tochter sein. Kurz und gut, mit den aufsteigenden Erinnerungen wuchs in mir der Wunsch, nein der Drang oder Zwang, nach Santo Domingo zu reisen. Ich buchte und flog.

Ausgerechnet er, der immer Bewegte, sei sich, hineinversetzt in die *andere* Bewegung, vorgekommen wie ein Gelähmter, und während um ihn herum alles in der unfaßlichsten Lebendigkeit und Anmut sich geregt habe, sei er fast versteinert gewesen, und sein Genick habe geknirscht. Wahrscheinlich sei diese anfängliche Starre ein Ausdruck seiner Erschütterung und seines tiefen Erstaunens darüber gewesen, wie andersartig existiert werden konnte, und augenblicksweise habe er alles Wahrgenommene als ein einziges und vernichtendes Urteil über die heimatliche Lebensart empfunden. Die Betriebsamkeit zum Beispiel, die in Santo Domingo herrsche, sei so beseelt und festlich, daß man nicht darum herumkomme, die heimatliche als mechanisch zu empfinden, und die Menschen hätten sich auf eine Weise bewegt, die ihm das Gefühl gegeben habe, er sei behindert. Fast jedes Gesicht, ob sklavenschwarz oder kolonialherrenweiß oder schattiert, habe eine Heiterkeit ausgestrahlt, die in Zürich als pathologisch gelten würde, und wenn ein Fahrgast in der Totenstille einer Zürcher Straßenbahn auch nur einen Anflug karibischer Kommunikationsfreude zeigen würde, so müßte er damit rechnen, von einer über Funk alarmierten Streife herausgeholt und abgeführt zu werden. Dies alles sei ihm augenblicksweise durch den Kopf gegangen und bewußt geworden, bald aber habe die Gegenwehr eingesetzt, die ewige und nur durch gelegentliche Stromausfälle unterbrochene Musik habe ihn ebenso zu nerven begonnen wie der permanente Frohmut dieses Volks und wie der Umstand, daß er das Hotel nicht mehr habe verlassen können, ohne daß alte oder neue Bekannte sich freundschaftlich an ihn geklebt hätten, Auskunft verlangend über Zweck und Ziel seiner Schritte, und nach drei Tagen sei er aus der Stadt geflohen und in ein Kaff an der Nordküste gefahren, wo er sich eine Woche lang in den Sand gelegt und so verbissen um Entspannung bemüht habe, daß sein Augenlid kaum mehr zur Ruhe gekommen sei. Drei Tage vor dem Heimflug und einen Tag vor dem Zweikampf habe er unerholt den Bus nach Santo Domingo bestiegen, seine junge und fettleibige Sitznachbarin habe ihm mit landesüblicher Ungezwungenheit sofort eine Kartonschachtel mit einem lebendigen Huhn darin auf die Knie gestellt und es sich selbst behaglich gemacht, wobei sie nicht nur dem Schenkelkontakt nicht ausgewichen sei, sondern sich immer wieder einmal halb abgedreht und ihren Steiß an seinem Hüftknochen gescheuert habe. Von Zeit zu Zeit wiederum habe sie schläfrig ihre rechte Hand unter sein Gesäß geschoben. Zu Beginn sei ihm das alles aufregend vorgekommen, aber er habe bald gemerkt, daß es nicht um Erotik, sondern um größtmögliche Bequemlichkeit gegangen sei, weshalb er sich nach zweistündiger Fahrt und Überlegung dazu entschlossen habe, das Huhn auf seinem Schoß nicht länger zu dulden. Zentimeterweise habe er die Schachtel nach links auf die Schenkel der schlummernden Eigentümerin verschoben und dann seinerseits ein wenig zu schlafen versucht, da er von der Landschaft sowieso nichts gesehen habe, weil das schadhafte Fenster mit einem Pappkarton zugeklebt gewesen sei. Nach drei weiteren heißen und holprigen Stunden habe man endlich die Hauptstadt erreicht. Im Hotelzimmer habe er

Rum getrunken, um seinen verspannten Körper zu lockern, und sei dann eingeschlafen. Kurz nach drei in der Früh habe im Innenhof ein Hahn gekräht, durchdringend, wie Hähne eben krähten, dann sofort ein zweiter, dritter, und weiter entfernt alle anderen. Um sechs habe jemand mit der Faust an die Zimmertür geschlagen und etwas geschrien, und um sieben sei in einem nahen Hinterhof eine Betonmischmaschine in Betrieb genommen worden. Er könne sich nicht erinnern, jemals so kaputt und gerädert aufgestanden zu sein wie an jenem Morgen, und als er auf dem Weg zu seiner Cafeteria, begleitet von zwei rivalisierenden Schuhputzerbübchen, gesehen habe, wie eine zerlumpte Frau, einen Maiskolben zwischen den zahnarmen Kiefern, auf allen vieren über die Straße gekrochen sei, habe er die Stadt, in die ihn Lena und Jean-Luc gelockt hätten, nur noch als Hölle empfinden können.

Dies alles habe er mir erzählt, weil es für ihn zur Vorgeschichte des Zweikampfs gehöre, der am Nachmittag des gleichen Tages stattgefunden habe und den er, wenn es mir recht sei, nach einer kurzen Teepause zu beschreiben versuchen wolle.

15

Ich hatte damals das Gefühl, sagte der Vater mit wieder frischerer Stimme, mein Urlaubsziel sei ein Mißgriff und der Urlaub ein Fehlschlag gewesen. Heute weiß ich, daß es nicht so war, daß ich atmete und sah für kurze Zeit. Ich sage das nebenbei und kann es nicht erläutern, und ich habe nach dem Frühstück ein Taxi genommen und mich nach Boca Chica fahren lassen, einem Badeort westlich der Hauptstadt, denn in der Hauptstadt hatte ich nur noch die Wahl gehabt zwischen dem stickigen Hotelzimmer und der verstörenden Lebensfreude und Not, die auf der Straße herrschten.

Ich zog die Schuhe aus und schritt barfuß den langen und mäßig belebten Strand ab, immer wieder aufgehalten von Burschen, die mich dazu bewegen wollten, mich für ihren Strandabschnitt und für ein von ihnen vermietetes Liegebett zu entscheiden. Ich ließ mich nieder am äußersten Ende des Strandes, nicht weil mir der dort zuständige junge Mann, mit dem ich mich auf italienisch verständigen konnte, versichert hatte, Liegebett und Sonnenschirm seien gratis, sofern ich ein Getränk konsumiere, sondern weil ich mir von der Randlage einen gewissen Schutz vor Belästigungen erhoffte. Ich bestellte ein Cola mit Rum, und kaum hatte ich es mir auf dem Liegebett bequem gemacht, saß eine neben mir im Sand. Was sie wollte, merkte ich bald, während es etwas länger ging, bis sie merkte, daß ich nicht wollte, und sich entfernte, um einer anderen Platz zu machen. Nach der dritten oder vierten erschien einer der im Hintergrund lauernden Zuhälter persönlich, um sich nach meinen Wünschen zu erkundigen. Ich äußerte den Wunsch, in Ruhe gelassen zu werden, und er versprach mir eine Dreizehnjährige. Nach seinem Rückzug sah ich mich von einem fliegenden Händler so bedrängt, daß ich, um ihn loszuwerden, die Torheit beging, ihm etwas abzukaufen, was sich sofort herumsprach. Nun hatte ich alle am Hals, und nach einer knappen Stunde zog ich mich an. Worauf auch schon der junge Mann und Liegebettvermieter vor mir stand und mir die Rechnung präsentierte für Cola, Liegebett und Sonnenschirm. Sie lautete auf umgerechnet fünfundvierzig Franken. Der übliche Preis für einen Cuba libre – ein Cola mit Rum – betrug fünfzig Rappen, ich hielt den Zettel in der Hand und lachte erst einmal, ich glaubte an einen Scherz. Der Bursche, ich schätzte ihn auf Mitte zwanzig, nahm eine drohende Haltung ein. Ich glaubte an ein Mißverständnis. Er wiederholte die Zahl, die auf der Rechnung stand, und sagte: Nicht einen Peso weniger. – Wäre der Preis nur unverschämt gewesen, ich hätte ihn bezahlt, denn es schien mir verständlich, daß die Einheimischen auf die Schamlosigkeit der reichen Touristen mit Unverschämtheit reagierten, hier aber kippte die Sache ins Kriminelle, und ich war nicht gesonnen, diesem wohlgenährten Kerl einen Betrag auszuhändigen, der – ich kannte die Verhältnisse – sein Monatseinkommen bei weitem überstieg. Im übrigen ging es mir bald nicht mehr ums Geld, sondern darum, mich nicht zum Trottel machen zu lassen. Ich wandte mich hilfesuchend an einige der Umstehenden, die uns, vom Wortwechsel angelockt, inzwischen umringten, allein, es waren lauter Verschworene, die nicht viel mehr als okay sagten. Nun forderte ich den Widersacher auf, seinen Chef zu holen, und der Widersacher erklärte, *er* sei der Chef. Was sollte ich machen? Ich mußte, überreizt wie ich war, die Zähne zusammenbeißen, um die Beherrschung nicht zu verlieren, und schlug ihm so ruhig wie möglich vor, mir einen vernünftigen Preis zu machen. Er lehnte ab. Und hätte er nicht im gleichen Moment das Zwinkern meines Augenlids nachgeäfft, ich hätte ihm die Scheine ins Gesicht geworfen und das Feld geräumt. Den Wunsch, ihm eine zu schmieren, würgte ich ab und offerierte ihm statt dessen ein Drittel des verlangten Geldes. Er drohte mit der Polizei. Als ich geradezu vergnügt auf seine Drohung einging und ihn ermunterte, mich hinzuführen, stutzte er. Er senkte den Preis um ein Drittel. Ich lehnte ab. Ich hatte ihn am Wickel und sagte: Vamos! Er ging voran, ich hinter ihm her und hinter uns der Troß. In einer der Freiluftbars an der Strandstraße hockte ein Typ mit Schirmmütze, auf den mein Gegner zueilte. Er drückte ihm, rasch ein paar Worte mit ihm wechselnd, die Rechnung in die Hand und stellte ihn, als ich dazutrat, als Boca Chicas Polizeichef vor. US-Army, stand auf der Mütze des Jünglings, der die Rechnung mit wichtiger Miene prüfte und für korrekt befand. Es schmerzte mich ein wenig, daß meine Gegner so schwach spielten, und ich bat den Jüngling, mich zum richtigen Polizeichef zu führen, worauf er vom Hocker glitt und verschwand. Mein Ganove aber sagte, er habe mich nur warnen wollen, und wenn ich nicht sofort bezahle, so zeige er mich wirklich an. Vamos! sagte ich, und nach zweihundert Schritten war man in einem Hinterhof. Während der Troß den Zugang abriegelte, krempelte er die Ärmel hoch – er trug ein weißes Hemd –, und während ich eben noch Oberwasser zu haben glaubte, war ich jetzt praktisch verloren. Ich bot ihm die Hälfte an, er lehnte ab, die Diplomatie schien am Ende.

Ich hätte mich jetzt, unter Gesichtsverlust allerdings, noch freikaufen können, aber die Seele wollte es anders. Als ich nämlich sah, wie mein Gegner vor mir herumzutänzeln begann, mittels federnder kleiner Sprünge und Ausschütteln der Arme sich lockernd, da sagte die Seele plötzlich: *Du kämpfst gegen Jean-Luc um Lena.* – So kindisch diese Einflüsterung auch sein mochte, sie versetzte mich nicht nur in eine seltsame Hochstimmung, sondern – noch seltsamer – sie ließ mein Gegenüber auf einmal in einem menschlicheren Licht erscheinen. Ich fragte ihn nach seinem Vornamen, er hieß José. José, sagte ich, du bist kräftiger und jünger als ich, willst du mich, womöglich mit Hilfe deines Anhangs, zusammenschlagen, so tu es. Liegt dir aber etwas an Sportlichkeit und Fairneß, so laß uns den Handel in einem ehrlichen Faustkampf ausfechten. – Er besann sich einen Moment, besprach sich auch kurz mit dem Troß, der sich daraufhin zu einem festfreudigen und keineswegs feindseligen großen Quadrat um uns herum formierte, und fragte: Wie heißt du? – Kaspar, sagte ich. – Kaspar, sagte er, wenn ich gewinne, schuldest du mir den ganzen Betrag, wenn ich verliere, keinen Peso. – Einverstanden, sagte ich, du kannst jetzt einen Ringrichter, drei Punktrichter und einen Zeitnehmer bestimmen, ich schlage vor, wir boxen in drei Runden zu je drei Minuten. – Die wegwerfende Selbstverständlichkeit, mit der ich das zu sagen versuchte und offenbar sagte, verwirrte ihn, und diese Verwirrung nahm ich erleichtert zur Kenntnis, sie schien mir zu zeigen, daß er im Boxsport nicht unbedingt heimisch war. Im übrigen aber hatte ich Angst. Denn erstens ist ein Kampf mit bloßen Fäusten zwar nicht so gefährlich wie einer mit Säbeln, aber trotzdem gefährlich genug, zweitens war José zwar nicht größer als ich, aber um mindestens zwei Gewichtsklassen schwerer, und drittens bestand kein Zweifel, daß er mir konditionell überlegen war. Ich mußte also, wenn ich nicht untergehen wollte, meine einstigen technisch-taktischen Fertigkeiten ausspielen und so einsetzen, daß ich das Kampfgeschehen verlangsamen und Härtetreffer vermeiden konnte. Das Publikum ist unser Richter! rief José auf spanisch, und gutmütig johlte das Publikum, und ein besonders Fröhlicher sprang vor und imitierte einen Gongschlag. Ich warf ihm meine Uhr zu, er fing sie akrobatisch auf, der Kampf begann.

Obwohl ich nach den ersten und ungestümen

Schlägen, die ich parieren beziehungsweise paradieren konnte, merkte, daß José nicht geschult war, blieb ich respektvoll und wachsam, denn seine physische Potenz war groß. Ich entschloß mich zu einer vorerst defensiven Kampfführung und zur Ausforschung des Gegners durch vereinzelte Scheinangriffe und Finten, wobei mir seine mangelhafte Deckung so wenig verborgen blieb wie sein bescheidenes Schlagrepertoire und seine eher schwache Führungshand. Äußerst wuchtig und wirksam hingegen – der erste Treffer traf zum Glück und abgeschwächt nur meinen Brustkorb – war sein Stoß mit der Schlaghand, die rechte Gerade, auf die ich aufpassen mußte, deren rechtzeitige Erkennung aber insofern erleichtert wird, als ihr Beschleunigungsweg verhältnismäßig lang ist. Auch sah ich Josés ungedecktes Kinn bei diesem Stoß, was mir die Möglichkeit zu einem Konter mit linkem Aufwärtshaken gab. Einstweilen aber hielt ich mich zurück, und daß das Publikum den ungestümen José nach kurzer Zeit schon fast als Sieger feierte, war mir willkommen, es paßte in mein taktisches Konzept, das darin bestand, ihn siegesgewiß und also sorglos zu machen, sorgloser als er schon war, um dann, bevor ich kräftemäßig einbrach, aus der Verteidigung heraus zu attackieren. Kurz vor Beendigung der ersten Runde, ich war schon ziemlich außer Atem und klatschnaß, kam mir auf einmal zu Bewußtsein, auf welch absurden Unfug ich mich eingelassen hatte. Ein reifer Mann von achtunddreißig Jahren balgt sich mit einem karibischen Kleinbetrüger um ein paar

Pesos! So blitzartig, wie mir die Einsicht kam, so blitzartig kam Josés Seitwärtshaken. In der Sekunde des Staunens hatte ich offenbar die Kopfdeckung geöffnet, nun taumelte ich, an der Augenbraue von einem schmerzhaften Streifschlag getroffen, momentelang, ohne aber den Boden unter den Füßen zu verlieren, und José, statt seine Chance zu nutzen, sonnte sich im Applaus des Publikums und streckte die Arme himmelwärts. Gleichzeitig ertönte der Gong, José wurde zum Sieger der ersten Runde ausgerufen und ließ sich nieder in einer Ecke des Zuschauerquadrats, wo er getätschelt und gehätschelt wurde. Ich setzte mich in die gegenüberliegende Ecke und durfte mit Rührung erleben, daß mir Gleiches geschah und daß ein überaus schönes Mädchen sogar meine leicht blutende Braue abtupfte, und zwar mit dem Saum ihres Rocks.

Moralisch gestärkt und im Wissen, daß in der zweiten Runde die Entscheidung fallen mußte, da ich einer dritten konditionell nicht mehr gewachsen sein würde, betrat ich den Ring. José eröffnete sofort mit stürmischen, aber unkoordinierten Schlägen aus der Halbdistanz, die ich ablenken konnte oder die ins Leere gingen, weil ich mich abduckte oder zur Seite sprang. Im Unterschied zur ersten Runde aber begann ich jetzt akzentuiert zurückzuschlagen. Ich traf ihn zweimal schwach und einmal in die Magengrube. Er ging in die Knie, aber nicht zu Boden, und bevor jemand auf die Idee kam, ihn anzuzählen, tänzelte er, vom Publikum angefeuert, schon wieder auf mich zu und attackierte noch kecker und drangvoller als zuvor. Eigentlich hatte ich mir vorgenommen, seinen Kopf wenn irgend möglich zu schonen, jetzt aber, nach seinem Brauenschlag und angesichts der unbegreiflichen Robustheit seines Rumpfs, verbot sich weitere Rücksicht. *Es geht um Lena.* Mit Mühe hielt ich Josés Ansturm stand, und wenn er auch keine Wirkungstreffer erzielte, so litten meine Arme und Fäuste doch immer mehr unter dem ständigen Abfangen und Wegschlagen seiner Stöße. Ich merkte ferner, wie mein rechtes Auge zuschwoll, kurz, meine Chancen sanken. *Es geht um Lena.* Ich konnte das Kampftempo für eine Weile drosseln und José, der auch nicht mehr am frischesten wirkte, mit Links-Rechts-Kombinationen auf Distanz halten, dann aber ließ ich mich bewußt und langsam in die Ecke manövrieren, um ihm das Gefühl zu geben, ganz Herr der Lage zu sein. Die Hoffnung, daß er sich dort zu einem unbedachten Angriff ermuntert sehen und in den Konter locken lassen könnte, erfüllte sich. Kaum stand ich in der Ecke, schlug er los, und als ich seine explosive Rechte kommen sah – sie zielte zum Kopf –, brachte ich mich durch Abducken schräg vorwärts aus der Schlaglinie, fixierte den angewinkelten linken Arm im Ellbogen- und Schultergelenk und riß ihn unter gleichzeitiger Streckung der Beine nach oben zur Kinnspitze Josés. Es war, in Hinsicht auf Bewegungsharmonie und Wucht, vielleicht der schönste Aufwärtshaken meiner Karriere, und José torkelte und fiel.

Nach einer Weile trat aus dem totenstillen Publikum der schwarze Gong-Imitator. Mit Grabesstimme begann er zu zählen, eins, zwei, drei, vier. Bei sieben regte sich José, bei acht war er auf den Knien, und kurz vor der Zehn stand er auf seinen Beinen, so allerdings, als stünde er zum erstenmal auf ihnen. Er wankte lallend auf mich zu, und die halbwegs geballten Fäuste zeigten, daß er sich nicht geschlagen gab. Vorsorglich nahm ich die übliche Kampfstellung ein, ich konnte nicht mit Sicherheit ausschließen, daß dieser geisterhaft zähe Bursche seine Benommenheit nur vortäuschte, um mich ungedeckt zu erwischen, allein, sein Angriff geriet zur harmlosen Umarmung, in der wir eine Zeitlang keuchend verharrten. Dann löste sich José von mir und setzte sich in den Staub, während das Publikum, bis auf zwei drei Getreue, die sich um ihn kümmerten, still aus dem Hinterhof schlich.

Auf der Rückfahrt nach Santo Domingo merkte ich, daß mein linker kleiner Finger gebrochen war und daß sich der Gong-Imitator in den Besitz meiner Uhr gebracht hatte, die fünfzigmal teurer gewesen war als Josés teures Cola Rum. Der Taxifahrer fuhr mich zu einem Arzt, der mich notdürftig flickte, am übernächsten Tag flog ich nach Hause, die Mutter war tot, ich tauchte wieder ein und unter.

16

Du hättest ihn verletzen können. – Sogar tödlich, sagte der Vater mit roten Wangen, auch Stunden und Tage nach dem technischen K.o. könnte er noch gestorben sein, an einer Hirnblutung zum Beispiel. – Und hat dich dieser gräßliche Gedanke nicht bedrückt? – Nicht im geringsten, sagte er so heiter, daß ich leer schlucken mußte. Gefällt dir die Geschichte? fragte er. – Um ehrlich zu sein, antwortete ich, mir imponieren solche Männerhändel wenig, sie haben etwas Infantiles, und sie erinnern mich an Krieg, und wenn ich zufällig Zeugin von Tätlichkeiten zwischen scheinbar Erwachsenen werde, ergreift mich Entsetzen. – Mich auch, sagte er, aber hätte ich mich nicht als Duckmäuser fühlen müssen, wenn ich den Schwanz eingezogen hätte? – Es wäre das einzige Vertretbare gewesen, und wenn du noch früher nachgegeben hättest, wärest du gar nicht bis an den kritischen Punkt gelangt, an dem die Schlägerei zur Ehrensache wurde. – Stimmt, sagte der Vater, aber bis zu diesem Punkt bin ich nun einmal gegangen, weiter allerdings nicht, und auf dem Nachtflug nach Hause saß ein Mann neben mir, der ununterbrochen nieste, so daß ich trotz aller Übermüdung keinen Schlaf finden konnte und mir im Hindämmern ausmalte, wie ein Zweikampf im Hinterhof hätte aussehen und ausgehen können, wenn ich mich nicht im letzten Augenblick vor Angst, zum Krüppel geschlagen zu werden, freigekauft hätte. Im Schein des Spotlights und des zum

Greifen nahen Mondes, der wie ein liegendes Ei aussah, schrieb ich die Variante auf, die mir am besten gefiel und die ich eben erzählt habe, ich kann dir die Aufzeichnung schenken, wenn du möchtest, es ist die einzige aus meinem Leben, du scheinst enttäuscht.

Ich glaube, ich war es ein wenig. Nicht weil es mein geheimer Wunsch gewesen wäre, den Vater als Helden zu sehen, höchstens weil ich ihm, ohne gönnerisch sein zu wollen, einen Sieg gegönnt hätte, obwohl mir andrerseits klar ist, daß auch zehn oder hundert Siege nicht ausreichen, um einen Menschen ohne Selbstgefühl von sich zu überzeugen. Anderes aber beschäftigte mich mehr: Wenn es Vater gelang, etwas Erfundenes mit ernstem Gesicht und auf plastische Art als etwas Erlebtes zu schildern – was durfte ich dann noch glauben? Wo und wann hatte er sonst noch geflunkert? Es fiel ein Schatten des Zweifels auf alles bisher Erzählte, und meine Entstehungsgeschichte konnte so gut ein Märchen sein wie die Geschichte seines erfolgreichen Comebacks.

Den Finger habe ich wirklich gebrochen, sagte er kleinlaut, und die Uhr ist mir wirklich abhanden gekommen, Ursache für beides ist aber ein verdächtiges Hühnchen gewesen, das ich in Santo Domingo verzehrt habe, am Abend nach meinem Ausflug, und das mich dazu verleitet hat, mit ein paar Gläschen Rum zu spülen, und plötzlich hat sich Manuel, einer meiner alten Freunde, an meinen Tisch gesetzt und über Zahnschmerzen geklagt und mir seinen faulen Zahn gezeigt und mich um etwas Geld für den Zahnarzt gebeten, und Alkohol macht freigebig. Die Schmerzensfalte über Manuels Nasenwurzel hat sich geglättet, er kenne ein Lokal, hat Manuel gesagt, das besseren Rum ausschenke, ob er mich hinführen solle. Wir sind dann die einzigen Gäste gewesen in diesem außerhalb der alten Kolonialzone gelegenen Lokal, wir haben uns an einen großen Tisch gesetzt, und Manuel hat eine Flasche Rum und einige Flaschen Cola bestellt. Wer soll das trinken? habe ich gefragt, und im gleichen Moment hat sich neben der Theke ein Türvorhang geöffnet, und zirka sechs Damen sind im Gänsemarsch hereingekommen, haben zweimal unseren Tisch umkreist, um ihre Vorzüge zur Geltung zu bringen, und sich dann auf Manuels Aufforderung hin zu uns gesetzt, aber ich sehe, daß du dich langweilst, ich bin gleich fertig. Als ich am anderen Tag in meinem Hotelbett erwachte, spürte und sah ich, daß mein kleiner Finger gebrochen war und daß die Uhr an meinem Handgelenk fehlte, das ist alles.

Du wirst sie liegengelassen haben bei einem der Freudenmädchen. – Ich bin mit keiner in die Kammer gegangen, das weiß ich noch, ich habe nur getrunken und gekauderwelscht und manchmal eine Hand entfernt, die sich auf meine Sommerhose legte, Manuel aber ist zweimal gegangen, das weiß ich noch, er hatte ja mein Zahnarztgeld, und in den frühen Morgenstunden hat er mich zum Hotel begleitet beziehungsweise geschleppt, im Zimmer bin ich gefallen, wobei es zur Beschädigung des Fingers kam, im übrigen bereue ich den Abend nicht, er war ein buntes Stolpersteinchen auf einer grauen Bahn, und mein Augenlid hat nach diesem Abend überraschenderweise nicht mehr gezuckt, darf ich mich hinlegen jetzt? Flügel hatte ich nie, schien tatenreich alles in allem, aber leuchtende Flügel nie, fast nie, Geflatter nur, ich bin verliebt, nimm an, ich sei verliebt und also selig und abflugbereit, aber die Angst, aber die Ungläubigkeit, atme dreimal, und schon ist alles überholt, schweben, wie schweben, wenn Glück als etwas in Bälde Zerfetztes erscheint? Meinesgleichen flattert bloß, fällt also nie aus allen Wolken, leider, ein Hühnerleben, Gackern, Rachenkrebs, ich drehe mich zur Wand, wenn du erlaubst. Leg dich doch zu mir für ein flüchtiges Weilchen, hat Lena gesagt im Gockhauser Wald, deine Zurückhaltung, hat sie gesagt im Gockhauser Wald, ist schaurig gediegen, Lena hat das nicht unwirsch gesagt, eher verwundert, und die Klangfarbe ihrer Stimme, warm, dunkel, hat deinen Ursprung mehr beschleunigt als die Bedeutung und Absicht der Worte, und Lena konnte nicht wissen, daß ich noch unbefleckt war und daß meine Verliebtheit nicht danach trachtete, ihr umstandslos beizuwohnen.

Als ich ihn fragte, warum er das zeitfremde Wort ›unbefleckt‹ verwende und was er unter ›umstandslos‹ verstehe, schnarchte der Vater schon leise, und das Geräusch kam mir so rührend vor, daß ich mich zu ihm setzte für ein flüchtiges Weilchen, kaum atmend, und die Vorstellung, ihm in den Schlummer zu folgen, war mir fast angenehm, während mir ein gemeinsames Erwachen unmöglich schien. Ich stand auf und blieb stehen neben dem Sofa. Von Zeit zu Zeit zuckte der Vater. Plötzlich nahm ich es meiner Mutter übel, daß sie ihn abgewiesen hatte, plötzlich glaubte ich, sie allein sei verantwortlich für sein Leben, ihr Giftbiß habe ihn narkotisiert und verödet und jener Betriebsamkeit in die Arme gejagt, deren Quelle die taube Seele ist. Gleichzeitig wußte ich, daß es kindisch und ungerecht war, meine Mutter zu verurteilen und meinen Vater, auch wenn er jetzt noch so gekrümmt auf dem Sofa lag, zum Opfer und zum Wurm zu machen. Daß sie ihn nicht zu lieben vermochte, war so wenig ihre Schuld, wie eine rasende Leidenschaft als ihr Verdienst hätte gelten dürfen. Naturereignisse, Naturkatastrophen. Ich konnte, ich kann nicht wissen, ob und wie seine Behinderung mit ihr zusammenhängt, und ich weiß umgekehrt nicht, in welcher Weise ihr Schneetod zu tun hat mit ihm.

Ich setzte mich an den Tisch, es dunkelte, der Vater war ein dunkles Bündel. Gedankenspielerisch vermählte ich die Eltern miteinander und malte mir die Ehe aus, und je länger ich malte, desto trostloser wurde das Bild. Ich sah die Aufholjagd des Vaters, seinen Eifer, die Unterschiede des Herkommens und der Bildung, der Weltkenntnis und der Reife wettzumachen, ich sah seinen Liebeseifer, sein Verständnis für ihr schwankendes Wesen, ja, männlich beschützen konnte und wollte er sie, dazu bedurfte es keiner Matura, auf Händen trug er die Mutter, nicht ahnend, wie bald sie die Hände als Krallen empfinden würde, und manchmal durfte ich zu den Großeltern, das hieß dann, daß er sich verpflichtet fühlte, die Mutter an eine Konferenz zu begleiten, an die sie lieber ohne ihn gegangen wäre, und im Hotel kämpfte er gegen das Einschlafen, um sie teilnehmend empfangen zu können – immerhin hatte sie lange zwischen zwei Außenministern gesessen, zum Beispiel –, während sie, in der Hoffnung, er schlafe bereits, so geräuschlos wie möglich ins Zimmer huschte, und irgendwann wäre sie abgestoßen gewesen sowohl von seinem Auf-sie-Warten als auch von seinem Hinter-ihr-Herstolpern, von seiner Fürsorglichkeit und Anhänglichkeit, sie hätte gelitten unter ihrer Ungeduld und ihrem Erkalten und seiner Betrübnis darüber, eine Weile lang wäre das Kind und wären die ratlosen Augen des Mannes zwingender als ihr Fluchtwunsch gewesen, und, aber, und.

Oder ganz anders: Solange sie an Kind und Haus gebunden ist, geht alles gut, und gibt es Unstimmigkeiten, so werden sie vom Bett, einsachtzig breit, sanft abgefedert. Bald aber, zu Vaters verhaltenem Leidwesen, beginnt sie die Welt zu vermissen, sie nimmt wieder Aufträge an, sie geht in Gesellschaft und bittet ihn manchmal, sie zu begleiten, was er zuerst willig, dann unwillig, dann gar nicht mehr tut. Wenig mitteilsam schon von Natur, läßt ihn das gesellige Talent seiner Frau vollends verstummen. Er sitzt im kleineren oder größeren Kreis und ist so vernagelt, daß er dem Gespräch nicht folgen kann, was seine Neigung, sich minderwertig zu finden, verstärkt. Zu Hause taut er auf. Reden kann er noch immer nicht, aber brüllen. Der Alkohol, der ihm in fröhlicher Runde die Zunge nicht lösen wollte, gibt ihm jetzt schmetternde Worte ein. Als räudigen Hund behandle sie ihn, den sie mitschleppe zu ihren Freunden, damit die was zu grinsen hätten und damit sie selbst sich umso strahlender von ihm abheben und in Szene setzen könne, ich bin nicht blind, mußt du wissen, ich sehe auch die schönen Augen, die du anderen machst. – Paranoid bist du, sagt die bleich gewordene Gattin und provoziert damit den nächsten Schwall: Mit mir mußt du deutsch reden, kannst anderwärts mit deinem Fremdwortschatz brillieren. – ›Brillieren‹, sagt sie, zwischen Unmut und Friedfertigkeit schwankend, ist auch ein Fremdwort, lieber Kaspar. – Er flieht ins Badezimmer, er will sie nicht erwürgen, und anderntags, sei es aus Zerknirschung, sei es, um seinen bleibenden Groll zum Ausdruck zu bringen, beschweigt er sie. Manchmal freilich versöhnt man sich, aber damit sind seine Unterlegenheitsgefühle, die ihn zum Wüterich disponieren, der entweder tobt oder brütet, noch nicht beseitigt. Einmal droht er mit Scheidung, nur – dies ist vielleicht die letzte Kränkung – muß er an ihrem Gesicht ablesen, daß sie das Angedrohte durchaus nicht als Unheil empfindet.

So spekulierte ich in die Dämmerung hinein, und wenn meine zwei Bildchen des Scheiterns auch fragmentarisch sein mochten, sie schienen mir doch zu zeigen, daß mein Bedürfnis, die Eltern verheiratet zu sehen, ein kindliches war und daß auch eine gegenseitige Liebe die Katastrophe nicht verhindert, sondern womöglich vergrößert hätte.

Ein Seufzer vom Sofa her unterbrach die Stille und die Mutmaßungen. Scheinbar verschollene Tage, sagte der Vater, als habe er mich denken gehört, dann seufzte er erneut und fragte, wie spät es sei. Es fiel mir auf, daß er diese Frage zum erstenmal stellte, obwohl er auch bei meinen früheren Besuchen nie eine Uhr getragen hatte. Halb acht, sagte ich. – Morgen? Abend? fragte er. – Abend. – Er sagte, er fühle sich gehoben. Er sagte: Wer weiß, wie lange man noch Zeit hat. – Zeit wofür? fragte ich. – Bitte kein Licht machen, sagte er, es ist gut so, gut wäre auch ein wenig Wein, dann könnte man vielleicht zum Ende kommen, zum Anfang, je nachdem.

17

Auswärts und also zu üppig gegessen bei Lilli, die Ortas wohnlichste Taverne mit geräuschloser Umsicht führt. Jetzt wieder im Zimmer am Tisch, so träg wie der Halbmond über dem See und zu müde, um mit dem Ende noch anzufangen.

Ich spüre, ohne allerdings schon in die Agenda zu blicken, daß meine Tage hier gezählt sind, nicht weil es mir nicht mehr gefiele, sondern weil ein Lebensgeisterchen nach dem anderen zu erwachen scheint und mir Lust macht auf Wandel und Zukunft. Und ich habe den strahlenden Morgen benutzt, um, ehe es zu spät ist, endlich einen väterlichen, recht eigentlich frommen Wunsch zu erfüllen, und bin nach der kurzen Überfahrt langsam die Treppe hochgestiegen, die von der Bootsanlegestelle der Insel direkt zum Eingangsportal der Basilika führt, und statt daß sich meine Augen nach dem Eintreten an die Düsternis hätten gewöhnen müssen, sind sie geblendet worden vom glänzendsten Glanz. Durch ein Fenster hoch oben unter der Kuppel drangen Strahlen der Morgensonne, trafen die Orgel und brachten die Pfeifen zum Gleißen, und dieses grelle Silberlicht bewirkte wiederum, daß selbst die verschupfteste Bronzeputte ins Prunken kam, zu schweigen vom Goldstuck ringsum, der ohnehin dazu neigt. Einzig die romanische Kanzel aus schwärzlichem Stein entzog sich der barocken Regie und wurde noch schwärzer und drohender, und ich habe meinen

Standpunkt neben dem Weihwasserbecken verlassen und bin in die Krypta hinuntergestiegen, wo ich nach flüchtiger Begrüßung der mir bereits bekannten, in einen Luxussarkophag gebetteten Gebeine des San Giulio den väterlichen Wunsch erfüllte und eine Kerze für ihn, den Vater, angezündet habe. Und da ich nicht zu beten pflege – ich wüßte kaum wofür und nicht zu wem –, schaute ich einfach ins Flämmchen, merkte nach einer Weile, daß es allein war, entzündete daran ein zweites für die Mutter und an diesem nach einer weiteren Weile noch eines für mich selbst, der ich summarisch das nicht präzisierbare Nötige wünschte. Es ist mir nicht ganz wohl gewesen bei alledem, mein kultisches Benehmen schien mir fast unstatthaft und nicht ganz frei von Theatralik, und ich habe die gläubigen Menschen beneidet, die sich im aufliegenden Gäste- und Wunschbuch eintragen mit ihrem Namen und ihrer privaten Bitte an den heiligen Julius.

Beim Betrachten der imposanten Marmorurne, die den Sarkophag trägt und die aussieht wie eine Suppenschüssel für Riesen – es soll sich darin der Erdenstaub von weiteren vier Heiligen befinden –, habe ich an meinen lieben Großvater denken müssen und auch für ihn noch eine Kerze angezündet und eine fünfte und letzte für die Großmutter, der ich am meisten verdanke, und so ist mein nächster Kreis in leuchtender Eintracht versammelt gewesen.

Bis gegen Mittag bin ich im Garten des einzigen Restaurants auf der Insel gesessen, habe auf den weißlichen See geschaut und hinüber zum leicht umdunsteten Buckel des Sacro Monte, ich habe ein Glas Weißwein getrunken, und der plötzliche Gedanke an Josef hat mich traurig gemacht, nicht weil ich Josef vermißt hätte, sondern weil ich ihn nicht vermißte und den rapiden Gefühlsschwund als schändlich empfand und empfinde. Ich habe versucht, ein bißchen nachzudenken über das, was der Volksmund nicht ohne Respekt die Stimme des Herzens nennt, aber es ist mir nichts dazu eingefallen, außer daß ich mich so selten wie möglich auf sie, die allen Flatterhaften dieser Welt als Vorwand dient, berufen möchte.

Am Nachmittag geruht und erstmals seit langem wieder Zeitung gelesen, am frühen Abend hinauf zu meinem Berg, und zwar mit Hast vor lauter Angst, ich könnte den Moment verpassen, in dem die untergehende Sonne den Innenraum der Kapelle erhellt, die mir die liebste geworden ist, weil es in ihr so bunt, so lebensvoll und weltlich zugeht wie in keiner der anderen. Die Menschen, Pferde, Hunde bestehen zwar auch hier nur aus gebranntem und bemaltem Ton, und trotzdem scheinen sie zu leben, schließlich ist in Assisi Karneval, und es sieht nicht so aus, als ob es dem heiligen Franz, der sich im Zentrum der Szene bewegt – freiwillig ärmlich, das heißt nur mit teigfarbenen Boxershorts bekleidet, und freiwillig gezügelt, das heißt von einem Mitbruder an der Leine geführt –, als ob es Franziskus gelingen könnte, mit seinem demutsvollen Auftritt das Leben oder Luderleben um ihn her zu unterbinden. Und auch das Leiden wird bleiben: Bettler, Knechte, von den Schimmeln der Herren zerstampft, ein Kind im rostroten Kleidchen, aufgerissene Augen und fliehende Arme, aber in Panik erstarrt, da meuchlings angefallen und mit den Zähnen am Kragen gepackt von einem giftigen Hund.

Das alles wird bleiben, habe ich gedacht, und ich habe Schritte gehört und ein Räuspern gehört und mich umgedreht und gesehen, wie ein leibhaftiger Franziskaner mit brauner Kutte und barfuß in Sandalen auf mich zukam, über eine der drei niedrigen Stufen, die zum Portal führen, stolperte und mir entgegenfiel. Ich schätze ihn auf sechzig, aber er ist wie ein Jüngling gefallen, er hat sich mit den Händen aufgefangen und dann geschmeidig und trotzdem mit Würde erhoben. Ich bin gar nicht dazu gekommen, ihm beim Aufstehn zu helfen, und habe auch nicht gewußt, ob er eine weibliche Hand hätte ergreifen dürfen, ich habe ihn nur gefragt, ob er sich weh getan habe. No, hat er gesagt, per fortuna ho due mani. – Und mit beiden hat er spontan meine Rechte ergriffen, sie warm und knapp gedrückt, sie losgelassen wie erschrocken und mir erklärt, daß er nach Sonnenuntergang die Türen der Kapellen schließen müsse.

Auf dem Weg hinunter ins Städtchen ist mir das Leben fast unerträglich spannend vorgekommen, nach hundert Schritten zum Wegwerfen sinnlos, dann wieder anders, dann wieder so, abwechslungsweise.

18

Der Vater setzte sich auf, tastete in der Dunkelheit nach dem Glas, das ich ihm hinhielt, trank es aus, bat um ein zweites und fragte, als er auch dieses mit erschreckender Gier geleert hatte, ob er sich wieder hinlegen könne oder ob es anstößig sei, im Liegen zu reden. Ihm selbst, sagte er, ohne meine Antwort abzuwarten, sei das Liegen so angemessen wie die Finsternis, und beides ermögliche mehr. – Hauptsache, ich vernehme die Wahrheit, sagte ich, stellte die Flasche neben das Sofa und nahm wieder Platz am Tisch. – Habe ich je gelogen? fragte er. – Das nicht gerade, du hast nur einen Boxkampf, der nicht stattgefunden hat, erlebt, das könnte auch für andere Abenteuer gelten. – Es stimmt natürlich, sagte der Vater, daß ein Unheld zum Flunkern neigt, aber man weiß ja, wann er flunkert. Wer wird denn einem Lahmen, der seine Sprünge schildert, Glauben schenken? Daran kannst du dich halten. Im übrigen habe ich seit kurzem, vielleicht infolge eines Hirntumors, das absolute Gedächtnis, es kommt nämlich vor, daß Hirntumore nicht nur zu Unter-, sondern auch zu Überfunktionen führen, auf jeden Fall ist mein Erinnerungsvermögen erbarmungslos gesteigert. Daran kannst du dich halten. Einzig die Tage zwischen dem zweiten und dem dritten, dem folgenvollen Treffen sind wie verweht, obwohl es glückliche waren, aber wer in Flammen steht, nimmt nicht mehr viel wahr, und der Rausch, so sehr er beflügelt, benebelt auch. Ich war also sterblich verliebt, ohne freilich ans Sterben zu denken, so wenig wie ich daran dachte, daß mein Zustand, zu dem naturgemäß auch Unruhe und Zweifelsqualen gehörten, je ein Ende nehmen könnte. Die Verengung und also Trübung meines Bewußtseins mag paradoxerweise auch dazu geführt haben, daß mir das dafür verantwortliche Objekt selbst immer wieder als gänzlich verschwommenes erschien, und da mich der Verlust von Lenas Gesicht und Gestalt beziehungsweise der zeitweilige Ausfall meiner Vorstellungskraft halb närrisch machte, kaufte ich bei einem Trödler einen alten, aber funktionstüchtigen Fotoapparat, den ich zum dritten Rendezvous mitnahm.

Wir hatten abgemacht, uns wieder vor dem Zoo zu treffen, und während ich wieder eine halbe Stunde zu früh dort war, verspätete sich Lena um eine halbe Stunde, und diese beiden halben Stunden summierten sich zur längsten und vielleicht bangsten Stunde meines Lebens, es schien mir während des Wartens immer wahrscheinlicher, daß Lena in den letzten Tagen die Augen aufgegangen waren und daß sie sich dazu entschlossen hatte, den Schlucker abzuhängen. Umso wunderbarer, da im Innersten nicht mehr erwartet, war ihr Erscheinen, ihr Auf-mich-Zukommen. Da bist du ja, sagte sie, als hätte nicht ich, sondern sie gewartet. Ja, da bin ich endlich, hätte ich sagen sollen, aber Schlagfertigkeit ist nie meine Stärke gewesen, und eine Prinzessin weist man nicht zurecht. Was unternehmen wir? fragte sie. Sie hatte die Energie und Heiterkeit eines Delphins. Weißt du was, sagte sie, da ich nicht sofort antwortete, du fährst mich mit der Vespa ins Blaue. – Ich hätte sie umarmen können, berührte aber nur schnell ihre Schulter und hielt schon das für forsch. Sie freute sich über meine Freude. Sie sagte: Dann nichts wie los, wohin auch immer. – Die Sommerabendsonne hatte den Doppelsattel meiner Vespa aufgeheizt. Beim Start verlor das Vorderrad für einen Augenblick den Boden, so südländisch startete ich, und Lena hielt sich fest an meinen Hüften, und so weiter, bist du noch da?

Ja.

Soll ich schweigen?

Nein.

Ist reden nicht wichtigtuerisch?

Nicht immer, aber oft. Jetzt nicht.

Und Lena hielt sich also fest an meinen Hüften, manchmal spürte ich ihren Atem im Nacken und manchmal den Druck ihrer Brüste an meinen Schulterblättern, kurz, ich sah Träume verwirklicht, aufs fabelhafteste, nur war es jetzt so, daß die pralle Wirklichkeit unwirklich schien und wie geträumt. Ich fuhr scheinbar ziellos über Land, aber da mir sämtliche Straßen und Sträßchen zwischen Zürich und Gockhausen, wo ich ja wohnte, bekannt waren, wußte ich immer, wo wir uns befanden, und einmal, wahrscheinlich um Lena an meine Verdienste zu erinnern, hielt ich in einer Linkskurve an, deutete auf den unterhalb der Böschung sich ausdehnenden Acker, auf dem jetzt reife Gerste stand, und sagte: Schau, dort unten hat er gelegen, auf dem Rücken. – Wer? – Der VW-Käfer mit dem Schwerverletzten. – Tatsächlich? fragte sie. Wir schauten eine Weile lang hinunter, ich drehte den Kopf noch mehr, um zu sehen, was für ein Gesicht sie machte, sie küßte mich sofort auf den Mund, lachte über meinen Schrecken und sagte: Ein Geschenklein für den Ritter. – Es war ein kurzer Kuß, eigentlich nur ein Streifkuß, aber es war der erste, und der erste ist meistens unvergeßlich und immer ein Durchbruch. Lena fragte, ob der Fahrer eigentlich überlebt habe. Wenn er gestorben wäre, sagte ich, so würden wir uns höchstwahrscheinlich gar nicht kennen. Wer einem Verunfallten Hilfe leistet, der nachher trotzdem stirbt, hat nämlich kaum Aussicht, zum Ritter der Straße zu werden. – Merkwürdig, sagte Lena, beim abgestürzten Bergsteiger verhält es sich umgekehrt: Hätte er überlebt, so würden wir uns nicht kennen, hoffentlich verfolgt uns kein Schatten, komm, laß uns fahren. – Ich startete folgsam und nahm jetzt Kurs auf Gockhausen. Nicht daß ich Lena in mein dumpfes Elternhaus hätte führen wollen, daran war nicht zu denken, hingegen lockte es mich, mit meiner rassigen Fracht langsam und lässig durchs Dorf zu rollen und dabei gehörig begafft zu werden. Vor allem aber hatte ich das eigentümliche Bedürfnis, mit Lena zusammen auf den Feld- und Waldwegen meiner Kindheit zu wandeln. Ich fuhr unsicher jetzt, fast wie betrunken, so eng schmiegte sich Lena an mich, so hoch war der Saum ihres schwarzen und luftigen Kleides gerutscht. Einmal unterbrach sie ihr Summen und rief, ob sie in meine Haare beißen dürfe, was ich bewilligte. Ich hatte damals einen beträchtlichen Schopf, mußt du wissen, beträchtlich und blond, und allmählich, dank Lenas lockerem Verhalten, schwand meine Sorge, daß sie schon einen Freund haben könnte. Die Triumphfahrt durchs Dorf war dann keine, die Leute schienen beim Essen, einzig die halbschlauen Zwillinge des Bäkkers trabten und grölten eine Weile lang hinter uns her. Ich fragte Lena, nachdem ich die Vespa auf einem Feldweg nahe des Waldes abgestellt hatte, ob ihr die Fahrt ins Blaue gefallen habe, und Lena sagte, sie habe sich blutjung dabei gefühlt und ob man jetzt noch einen Gang ins Grüne mache. Da die Sonne inzwischen untergegangen war und ich befürchtete, es könnte plötzlich zu dunkel und also zu spät sein, fragte ich, ob ich noch schnell ein Foto von ihr machen dürfe. Ich habe das nicht gern, sagte sie, aber da ich von dir auch ein Bild habe, zwar nur ein Zeitungsbild, erlaube ich es dir, aber nur *eine* Aufnahme. – Und so ist das Foto entstanden, das du ja kennst, mein einziges Foto, Julia, bist du noch da?

So dunkel ist es nun auch wieder nicht.

Ach so, sagte er, ich müßte vielleicht die Augen öffnen.

Ich bin da, ich bin sehr da, laß sie geschlossen.

Aber ich werde so langfädig dabei.

Wir haben Zeit.

Meinst du? fragte der Vater so ungläubig und so gläubig wie ein getrösteter Krebskranker.

Erzähl einfach weiter, zensuriere dich nicht.

Das geht aber kaum, du hast einmal gesagt, die fleischlichen Details seien dir peinlich, ich respektiere das, aber wenn ich das respektiere, so kann ich nur noch sagen: Eine Stunde, nachdem ich deine Mutter fotografiert habe, bist du entstanden und hast neun Monate später das Erdenlicht erblickt, genügt dir das?

Eigentlich schon, aber ich bin jetzt eingestimmt und nicht ganz frei von wohliger Neugier.

Schön, wir spazierten waldwärts, und bevor wir ihn erreichten, den Wald, sagte Lena: Du, mein Täschchen. – Sind Wertsachen drin? fragte ich, es wird hier nichts gestohlen. – Ich brauche es trotzdem, sagte sie, und wir kehrten zur Vespa zurück, und ich nahm ihr Jutetäschchen vom Gepäckträger. Möchtest du im Feld spazieren oder im Wald? fragte ich, sie sagte: Dem Rand entlang. – Der Abend war prächtig, aber schwül, man hätte sich ein Lüftchen gewünscht. Hast du eigentlich eine Freundin? fragte Lena. Im Augenblick nicht, sagte ich, was ein bißchen großspurig tönte, so nämlich, als sei mein momentanes Alleinsein ein seltener Ausnahmezustand. Dabei hatte ich gesamthaft nur zwei Freundinnen gehabt und jede nur wenige Monate lang und ohne daß es zum sogenannten Letzten gekommen wäre, weshalb ich nach jedem Zusammenliegen, wahrscheinlich infolge einer Art Stauung, vom fürchterlichsten Hodenweh gepeinigt wurde, und ich bin nie auf die Idee gekommen, mich eigenhändig einzuschalten, das Nötige ist im Schlaf geschehen. Im übrigen, da es zum Thema gehört, hat mich nie jemand aufgeklärt, und meine Unkenntnis war himmelschreiend. Einmal, zu Beginn der Pubertät, fragte ich einen Schulfreund. Einfach vorne reinstecken, hat der Schulfreund gesagt, und diese Auskunft brachte mich zur Überzeugung, daß ich anatomisch nicht stimmte, weil das Ding, statt waagrecht in der Schwebe zu bleiben, fast parallel zum Bauch nach oben wuchs. Wie aber konnte man mit etwas Vertikalem *dort* hineingelangen, wenn das Dort doch etwas *vorne* sich Befindendes war? Ich hatte nicht den Mut, mich jemandem anzuvertrauen, auch meinem Schulfreund nicht, zu groß war die Angst, er könnte nicht dichthalten und meinen Geburtsfehler ausplaudern, und so habe ich zirka ein Jahr lang aufs schwerste gelitten, bis ich auf dem Dachboden, in der Schublade eines ausgedienten Küchenschranks, zufällig den erlösenden Fund machte, der in einem blauen, dicken und bebilderten Buch mit dem Titel ›Unser Geschlechtsleben‹ bestand. Hier fand ich alles, aber auch alles, und es folgte die schwierige und für mich als Spätzünder besonders ausgedehnte Lebensphase, in der das erhitzende Wissen so groß ist wie der Mangel an Praxis. Und Lena fragte, ob ich eine Freundin hätte, und ich sagte: Im Augenblick nicht, und wie ist es bei dir? – Schau da, sagte Lena, ein Hochsitz, steig mir nach. – Sie kletterte hoch, und ich stieg ihr nach und sog den Mandelduft ihrer Waden ein, die annähernd schneeweiß waren. Immer habe ich weiße Haut bei Frauen geliebt und der gebräunten vorgezogen, weiße Haut wirkt abweisender, also anziehender. Halt, Zimt, nach Zimt haben sie geduftet, die Waden, nicht nach Mandeln, entschuldige, weiß aber waren sie, weiß war auch Lenas Teint, so daß ihre Lippen besonders zur Geltung kamen und immer so wirkten, als wären sie rot geschminkt, aber ich habe Lena nur ein einziges Mal mit geschminkten Lippen gesehen, da warst du etwa vier, ich habe dich bei ihr abgeholt, weil sie am Wochenende etwas unternehmen wollte, da hat sie die Tür mit geschminkten Lippen geöffnet, und irgendwie habe ich das Bedürfnis gehabt, über sie herzufallen, aber ich weiß nicht, ob mich die Schminke gereizt hat oder die Vorstellung, Lena so in Erregung zu versetzen, daß sie auf die gefährdete Schminke pfiff, aber weder hat sie gepfiffen, noch bin ich über sie hergefallen, und eigentlich ist es nicht sicher, ob die Begierde mit ihrem angemalten Mund zusammenhing.

Wir saßen also auf dem Hochsitz, wie zwei Schüler in der Schulbank, nur enger halt, und da ich nicht recht wußte, was wir da oben sollten, wo es doch überall sonst bequemer gewesen wäre, fragte ich Lena, ob sie eine Vorliebe für Hochsitze habe. – Schau doch, sagte sie, wie anders zum Beispiel das Maisfeld von hier oben aussieht, und wenn sich die Gelegenheit bietet, ein Stücklein Welt unter einem anderen Blickwinkel zu sehen, so soll man die Gelegenheit ergreifen, findest du nicht? – Doch doch, sagte ich eingeschüchtert, und Lenas Äußerung, so simpel sie an und für sich war, ließ mich sofort wieder befürchten, daß ich zu dumm sei, um irgendwelche Aussichten zu haben. Entsprechend schwermütig schien ich auf das erwähnte Maisfeld zu schauen, denn Lena legte ihre Hand auf meine und sagte: Sei doch nicht immer so traurig, weißt du was, wir betrachten jetzt einmal dein Wesen und deine mögliche Zukunft, gewiß sieht alles viel besser aus, als du glaubst. – Und damit nahm sie meine Hand und bettete sie, die Innenfläche nach oben, vor sich hin.

Das hier ist die Lebenslinie oder Daumenfurche, und du siehst selbst, wie ausgeprägt und klar sie ist, wie schön gerundet, es darf daraus auf Lebenskraft geschlossen werden, auf Gesundheit. Hier allerdings, im oberen Viertel, kaum sichtbar, gabelt sich die Linie, aber die zwei Ästchen vereinigen sich sofort wieder und bilden so ein winziges Inselchen: Hier fließen die Kräfte im Kreis, und hier, schon unterhalb der Mitte, fast hätte ich es übersehen, bricht die Linie ab, führt aber unmittelbar neben der Abbruchstelle seitlich verschoben weiter, wir haben es also eher mit einem Unter- als mit einem Abbruch zu tun. – Was die Kopflinie angeht, so kann ich es kurz machen. Sie beginnt bei dir an der gleichen Stelle wie die Lebenslinie und überquert die Hand in sanft abfallender Bogenform. Sehr gut. Klarer Verstand, Gedächtnis ausgeprägt. Und da die Linie genau in diesem Pölsterchen endet, es heißt Mondberg, hast du auch Phantasie. – Zwiespältiger ist das Bild, das die Herzlinie bietet, auch Gemütsfalte oder Dreifingerfurche genannt. Sie beginnt an der Handkante unterhalb des Kleinfingerbergs, verläuft bei dir zum Glück nicht gerade, sondern geschwungen und endet, wie du siehst, zwischen Zeige- und Mittelfinger. Beides deutet auf tiefe Gefühle, auf Treue. Höchst auffallend, auffallender und gehäufter als bei der Lebenslinie, sind allerdings die Inseln, man muß geradezu von einer Inselkette sprechen, die die mittleren zwei Viertel der Gesamtlinie prägt, es könnte auf ein Kreisen der Gefühle hindeuten, vielleicht auf ihr Stocken, ich sehe das zum erstenmal. – Schau, und diese Linie hier, die im Unterschied zu den drei Hauptlinien bei vielen Menschen fehlt, das ist die Schicksalslinie, die sparen wir uns auf, ich möchte jetzt nämlich spazieren, und alles in allem darfst du getrost sein.

19

Manchmal, wenn draußen ein Auto vorbeifuhr, huschte Licht über die Zimmerdecke, und der Widerschein warf sich auf das Gesicht des Vaters und machte es sekundenbruchteillang zur Totenmaske. Ich fragte ihn, da er jetzt schwieg, ob ich nicht wenigstens eine Kerze anzünden dürfe. Er fragte, wie spät es sei, ich sagte halb zehn, er seufzte und sagte, daß es im Beichtstuhl auch nicht heller sei und daß er keine Kerzen habe. Wenn ich aber eine Kerze für ihn anzünden wolle, worum er mich sogar bitte, so könne ich es tun, du nimmst einfach ein Boot, läßt dich hinüberfahren zur Insel San Giulio, gehst in die Basilika, steigst in die Krypta hinunter und zündest sie an, die Kerze. Du kannst das aber auch in Orta selbst besorgen, in der Pfarrkirche Maria Trost, es wäre weniger umständlich, außerdem sind die Kerzen dort noch wirkliche Kerzen, hoch und schlank, während in der Basilika nur noch diese flachen, in einen Alu-Behälter gegossenen Rechaudkerzchen verwendet werden, aber zur Basilika habe ich eine Beziehung, zu Maria Trost nicht, und jetzt bedarf ich einer letzten Ölung, sagte der Vater, griff nach der Flasche und trank. Du hättest ja, sagte er, schon wieder liegend, du hättest ja in einem trostlosen Hotelzimmer oder in einem noch trostloseren Ehebett gezeugt werden können, aber wenigstens das ist dir erspart geblieben. Der Weg führte durch hochstämmigen Mischwald. Lena blieb plötzlich stehn, sagte, sie müsse verschwinden, und verschwand. Nach längerer Zeit und von ziemlich ferne hörte ich sie meinen Namen rufen. Ich ging der Stimme nach, ich fand Lena in einer kleinen, mit allerhand Buschwerk wie umrahmten Lichtung. Zwischen Baumstrünken strotzte Farnkraut, und wo kein Farnkraut wuchs, polsterte Moos den Boden, und auf einem dieser Teppiche saß Lena und knabberte an ihrem gestohlenen Maiskolben. Ich setzte mich, etwa zwei Meter von ihr entfernt, auf einen Strunk und schaute ihr zu. Auch sie ließ mich während des Knabberns nicht aus den Augen, hielt aber auf einmal inne und sagte: Deine Zurückhaltung ist schaurig gediegen. – Wieso denn? fragte ich verunsichert, es war mir in meiner damaligen Einfalt unklar, ob der Satz Lob oder Tadel bedeutete. – Es hätte noch Platz neben mir, antwortete Lena, und das verstand ich. Sie bot mir den Maiskolben an, als ich neben ihr saß, ich wollte ihn nehmen, sie hielt ihn fest. Es zeigte sich, daß sie den Wunsch hatte, ihn gemeinsam und gleichzeitig zu benagen, was auch geschah. Meine Ohren glühten, zumal das rechte ja immer wieder mit ihrem linken in Berührung kam, und noch aufregender war es, wenn ich ihr Wangenbein an meinem spürte. Um die letzten, in der Mitte des Kolbens verbliebenen Körner gab es ein spielerisches Kämpfchen, und trotzdem zitterten meine Hände, denn das Gerangel brachte uns immer näher, und plötzlich brauchten wir keinen Vorwand, also keinen Maiskolben mehr, und Lena war so weichlippig, daß ich den Kuß – vor lauter Angst, er könnte verfrüht aufhören – nicht voll auskosten konnte. Hingegen spornte mich das Gefühl meiner Ungeübtheit an, und es gelang mir, halbwegs gewiegt zu sein, jedenfalls war Lenas Ausatmen eine Art Seufzen, aber als sie sich hinlegte, blieb ich sitzen. Sie öffnete die drei obersten Knöpfe ihres Kleides, das vorne durchgeknöpft war bis hinunter zum Saum, und fächelte sich mit einem abgebrochenen jungen Farn Luft in den Ausschnitt. Sie schaute in den Himmel, ich sah, daß sie einen hellblauen BH trug. Da oben kreuzen sich zwei Kondensstreifen und bilden ein riesiges X, sagte Lena, leg dich doch zu mir für ein flüchtiges Weilchen. – Ich zögerte ein wenig, ich bewunderte ihre Unbefangenheit, und gleichzeitig hätte ich sie mir, bei aller Erregung meinerseits, eine Spur spröder gewünscht. Vielleicht wäre sie es einem ungestümen und geschwinden Mann gegenüber auch gewesen, vielleicht hatte sie nur solche kennengelernt, so daß jetzt meine Langsamkeit einen gewissen Reiz auf sie ausübte, den Reiz des Ungewohnten und die Anziehungskraft des scheinbar Widerstrebenden, was weiß ich, späte Mutmaßungen, und so wahr es ist, daß ich es an jenem Abend nicht nur als ausreichend, sondern als großartig empfunden hätte, Lena zu küssen und anzuschauen, so falsch wäre es, sie als Verschlingerin hinzustellen, sie war einfach kundiger und also etwas fordernder als ich, eine behutsam treibende und behutsam mich niederziehende Kraft, aber mit dem BH-Häkchen kam ich ernüchternderweise nicht zu Rande, Lena mußte helfen und tat es ohne Ungeduld. Die Berührung ihrer Brüste und die Wahrnehmung, daß Lena die Berührung mochte – beides riß mich so hin, daß ich den Dingen endlich ihren Lauf ließ. Hast du etwas bei dir? flüsterte Lena. Ich flüsterte zurück, was sie meine. Etwas Verhütendes, sagte sie. Ich verneinte bekümmert, worauf etwas geschah, das mich zutiefst verwunderte und worüber ich später oft nachgedacht habe. Lena griff nämlich nach ihrem Jutetäschchen, fand, ohne lange wühlen zu müssen, das Benötigte und überreichte es mir mit einer solchen Selbstverständlichkeit, als handle es sich um einen Salzstreuer. Was in mir vorging, weiß ich nicht mehr genau, jedenfalls vieles, jedenfalls nichts, was meinen Aufruhr nachhaltig hätte dämpfen können, im Gegenteil, die Zusatzverwirrung steigerte ihn so, daß ich die Hülle des eingeschweißten Dings blindlings und ohne die Einreißkerbe zu beachten aufriß. Ich hatte so etwas noch nie benutzt, ich war ja überhaupt und wie erwähnt ein Neuling, während sich Lena allem Anschein nach von der Freizügigkeit, die damals auf dem Programm stand, ein bißchen hatte prägen lassen. Über mich ist jene legendäre Zeit einfach hinweggegangen, und auch die politischen Geschehnisse geschahen ohne mich, mir genügten die Beatles, aber der Rechtskonsulent, der Chef, der Doktor Dubs, dessen graue Maus ich bin, wie du weißt, der war sehr aktiv in jener Zeit, immer im vordersten Glied der Demonstrationszüge, wie er sagt, ein Protestvirtuose und Profirebell, wie er scherzhaft sagt, er hört sich gern reden über seine einstigen Taten, und er ist stolz darauf, aber es ist kein echter Stolz, es ist der schmunzelnde Altherrenstolz auf eine Jugendsünde, wie auch immer, sein Parfüm ist schauderhaft, und er steht jetzt wieder im vordersten Glied und leitet den Rechtsdienst unseres international operierenden Unternehmens, alles in allem kein schlechter Mann und Vorgesetzter, sondern ein erträgliches Durchschnittsarschloch wie ich. Aber zurück zum Moosteppich. Es haperte. Die Handhabung machte mir Mühe, es ließ sich einfach nicht abrollen, und als ich schon dem Verzagen nahe war, flüsterte Lena, ich müsse es umgekehrt aufsetzen. Nun glückte es sofort, wir atmeten gemeinsam auf, lachten sogar ein wenig, und da uns die Verzögerung nur drangvoller gemacht hatte, überstürzten wir uns jetzt förmlich. Es war erschütternd schön, es war auch schön für Lena, ich spürte es wohl, denn sie hatte die Gabe, sich gehenzulassen, aber die Unerhörtheit des ersten Mals, dieses tiefe und trunkene Staunen konnte natürlich nur ich allein empfinden, und als der Taumel verebbt war, lagen wir eine Weile lang da, reglos und wie verdutzt, dann sagte Lena als erstes – was glaubst du, daß sie sagte, Julia, bist du da? fragte der Vater und setzte sich auf.

Ich liebe dich?

Nein, aber das Sätzchen bestand auch aus drei Wörtern und tönt recht ähnlich.

Ich bin verliebt?

Nein, sagte der Vater, Lena sagte als erstes: Ich bin verlobt.

Der Vater legte sich wieder hin, schwieg und

schien auf meinen Kommentar zu warten. Ich sagte, das sei bestimmt ein ziemlicher Hammer gewesen. Eine Keule, sagte der Vater, und dabei hatte ich mich noch nicht einmal aus ihr zurückgezogen. Dies geschah jetzt, und was ich nach dem Rückzug in den klebrigen Händen hielt, war zerfetzt oder zumindest versehrt. Ich starrte belemmert, so daß Lena aufmerksam wurde, sich aufsetzte und einen Blick auf das Häufchen in meiner hohlen Hand warf, worauf sie Großer Gott sagte und alle Farbe im eben noch so erhitzten Gesicht verlor, während sich im Schlüsselbeinbereich kupferrote Flecke zu bilden begannen. Stumm brachten wir unsere Kleider in Ordnung, stumm und ohne mich auch nur einmal anzuschauen, kämmte sich Lena und steckte dann, wie um sich strenger zu machen, das Haar auf, das sie sonst offen trug. Ihr Benehmen, ihre Ausstrahlung – alles vollkommen verändert, und dieser Umschlag traf mich härter als die vorangegangenen zwei Keulen. Lena, so schien es mir, verhielt sich so, als hätte ich die fürchterlichste Missetat begangen, und schließlich, da ich das Schweigen nicht länger aushielt, sagte ich, vielleicht sei der Gummi nicht mehr der jüngste gewesen und schon etwas mürb. – Vielleicht hat man die Packung zu nervös aufgerissen, antwortete Lena. – Es wird schon nichts passiert sein, sagte ich und wollte versöhnlich ihre Hand nehmen, aber sie ließ es nicht zu. – Es donnert, sagte sie, bitte bring mich nach Hause. – Auf dem Weg zur Vespa fielen vereinzelte Tropfen, siehst du, es regnet bereits, sagte Lena in einem Ton, als hätte ich den zeitigen Aufbruch seit Stunden verzögert. Man sagt ja den Männern nach, daß sie nach Stillung des Liebeshungers wie ausgewechselt seien, damals war ich als Mann das Opfer dieses Phänomens, und ich fühlte mich auf der elendigen Rückfahrt, vor deren Antritt Lena noch den Verlust eines Ohrclips beklagte, gedrückt, ratlos und nichtig, zumal ich merken mußte, daß Lenas Anlehnungsbedürfnis trotz Donner, Blitz und Dunkelheit nicht wiederkehrte, sie hielt sich am Gepäckträger fest und nicht mehr an mir, und als wir durchnäßt ankamen, erfüllte sich meine Hoffnung, von ihr in die Wohnung genommen und mit Kaffee gewärmt zu werden, nicht. Lena stand da und klimperte mit dem Schlüsselbund. – Was hast du? fragte ich. – Nichts, sagte sie. – Ist es, weil du verlobt bist? – Ach was, sagte sie. Ich fragte, ob wir uns bald wieder sehen könnten, sie bat um Zeit, und dann umarmte sie mich doch noch schnell und sagte mit wieder wärmerer Stimme: Sei mir nicht böse. – Dieses kleine weiche Schlußwort begleitete mich auf der Heimfahrt, es nahm mir die Angst, daß alles zu Ende sein könnte, und es bewirkte, daß ich nicht fror. So ist es auch später gewesen, jahrelang: Das winzigste Zeichen der Zuneigung ließ mich aufleben und gleichsam wedeln wider besseres Wissen, und es muß für Lena, die das natürlich spürte, mühselig gewesen sein, mit mir umzugehen und sich mir gegenüber weder verletzend sachlich noch verheißungsvoll herzlich zu verhalten, aber das ist ein Kapitel für sich, zum jetzigen nur noch folgendes: Ich spazierte am anderen Morgen, es war ein Sonntag mit hängenden Wolken, hinaus in den Wald, fand unsere Lichtung auf Anhieb und fand nach kurzem Suchen auch Lenas Ohrclip, ein blaßrotes, tropfenförmiges Steinchen oder Edelsteinchen, und dieser Fund schien mir ein ausreichender Grund, Lena zu benachrichtigen und sie zu fragen, ob ich den Clip gleich bringen solle. Ich eilte nach Hause und konnte, da meine Eltern die Radiopredigt hörten, unbemerkt telefonieren, ich glaubte zuerst, ich hätte mich verwählt, eine fremde und matte Stimme meldete sich nicht mit Namen, sondern mit einem brüchigen Ja. Lena, bist *du* es? fragte ich, und Lena sagte schleppend: Ich kann nicht reden, es geht nicht. – Wegen gestern? fragte ich, sie sagte: Nein, nein, es ist doch, es war doch ... – Dann legte sie auf, und ich erreichte sie drei Wochen lang nicht mehr, obwohl ich sie täglich anzurufen versuchte und oft vor ihrer Wohnungstür stand, und eines Abends – ich hörte nicht Musik, ich war vertieft in die Lektüre von Unterlagen, die Aufschluß gaben über Weiterbildungsmöglichkeiten für Absolventen einer Bürolehre – klopfte die Mutter und sagte: Telefon für dich. – Kannst du kommen? fragte Lena so heiter und lieb, daß ich mich sofort auf die Vespa warf und sowohl den Ohrclip als auch die Präservative, die ich inzwischen unter Überspringung einer mächtigen Schamhürde gekauft hatte, mitzunehmen vergaß. Eine halbe Stunde später teilte mir Lena mit, daß der Schwangerschaftstest positiv ausgefallen sei. Da siehst du, sagte ich erleichtert, wie überflüssig deine Ängste waren. Lena stutzte einen Moment, Kaspar, sagte sie dann, in der Medizin bedeutet das Wörtchen ›positiv‹ fast immer etwas Negatives, und wahrscheinlich wäre es positiver für uns, wenn das Testresultat negativ gewesen wäre, ich bekomme ein Kind. – Ist das ein Spaß? fragte ich verwirrt, und Lena sagte: Das ist kein Spaß. – Schwanger von mir? fragte ich. – Von dir, von wem denn sonst? – Du bist doch verlobt. – Ja, aber er lebt in Santo Domingo. – Und jetzt? fragte ich, was tun wir jetzt? – Wir suchen einen Namen für das Kind, sagte Lena. – Du willst es also behalten? – Es ist so bestimmt, sagte sie, es ist der Spruch der Natur beziehungsweise des Schicksals. – Hm, sagte ich, denn die Empfänglichkeit für solche Worte fehlte mir. Lena blühte. Man könnte ja heiraten, sagte ich, sie kicherte wegwerfend.

20

Licht machen, sagte der Vater unvermittelt und schroff. Ich blieb sitzen, weniger aus Protest gegen seinen Ton, sondern weil ich die Empfindung hatte, mich nicht regen zu können. Erst als die Lampe über dem Tisch aufleuchtete und ich den Vater vor mir stehen sah, kam ich zu mir, war aber noch zu benommen, um etwas sagen zu können. Er wirkte frisch, und er wirkte, obwohl die Flasche in seiner Hand leer war, vollkommen nüchtern, er schwankte nicht, als er sie in die Küche trug. Und stell dir vor, rief er, stell dir vor, nie wieder das Lager mit ihr geteilt! Bist du hungrig? Und aus der Hand hat sie mir auch nie mehr gelesen! – Hungrig nicht, rief ich, aber ein Glas Wein könnte ich brauchen jetzt. – Bitte sehr, sagte er zweimal, nachdem er zurückgekommen war und mir eingeschenkt hatte, und ebenso förmlich bat er dann darum, sich für ein paar Momente zurückziehen zu dürfen. Ich hörte ihn im Schlaf- und Arbeitszimmer rumoren. Plötzlich sagte er laut: Wo ist denn der Schlüssel? – Was für ein Schlüssel? fragte ich. – Der Schlüssel zur Wohnung in Orta, rief er. – Vater, sagte ich, den hast du *mir* gegeben, willst du ihn wieder? – Im Gegenteil, ich wollte ihn dir schenken. – Schon geschehen, sagte ich. – Wirklich, wann denn? fragte er. – Ungefähr vorvorgestern. – Er murmelte Unverständliches, und nach einigen Minuten trat er ins Wohnzimmer, mit Sorgfalt angekleidet. Soll ich mich noch rasieren?

fragte er. – Bitte nicht, sagte ich schockiert, was hast du vor? – Nichts Nennenswertes, aber es muß grauenvoll sein, einen Vater zu haben, der einen schwarzen und wehleidigen Morgenrock trägt, ferner ist es mein Ehrgeiz, dir den Ohrclip deiner Mutter mit Anstand zu überreichen, ich habe ihn nämlich, da sie ihn nie mehr erwähnte, widerrechtlich behalten und aufbewahrt. – Nicht ohne Rührung öffnete ich die Zigarettenschachtel und betrachtete das auf Watte gebettete Schmuckstück. – Ist es ein Edelstein? fragte der Vater. – Nein, es ist ein in Silber gefaßter Rosenquarz. – Also nicht wertvoll? fragte er. – Für mich schon, ich freue mich, ich danke dir. – Das Schächtelchen, sagte er, stammt übrigens von meinem Vater, er hat jeden Tag eine Zigarette geraucht und am Sonntag vier, so daß ihm pro Woche eine solche Zehnerschachtel reichte. Die Rückseite hat er oft für Notizen benutzt, und als die Marke einging, hat er ihr die Treue gehalten und nicht mehr geraucht. – Wie geht es ihm eigentlich? fragte ich, du hast mir fast nichts von ihm erzählt, wie alt ist er jetzt? – Im Herbst wird er achtzig, falls er es wird, manchmal besuche ich ihn, obwohl er nicht weiß, wer ich bin, schiebe ihn im Rollstuhl über die Parkwege der Klinik und wische ihm von Zeit zu Zeit den Speichel vom Kinn. Die Sprache hat er verloren, dafür lacht er oft vor sich hin, was er, als er noch bei Sinnen war, nie getan hat und was mir das Gefühl gibt, es sei ihm jetzt endlich und erstmals ein wenig behaglich zumute, aber du mußt mich stillen, sonst nimmt die Nacht kein Ende.

Stillen? fragte ich. – Ich meine stoppen, sagte der Vater, ich meine zum Schweigen bringen, es liegt mir nämlich ein ergänzendes Wort auf der Zunge. – Her damit, sagte ich, betrifft es meine Entstehung? – Es betrifft *meine* Entstehung und infolgedessen auch deine, und meine Mutter hat mir die Sache einmal erzählt, und die Sache ist mir jetzt wieder eingefallen, weil du nach meinem Vater gefragt hast, der ja Briefträger war und der eines Tages, in Stellvertretung eines erkrankten Kollegen, an der Haustür einer Arztfamilie klingelte, weil da eine Ansichtskarte war für deren Hausmädchen, das Fräulein Andrea Morf, und zwar eine unterfrankierte Ansichtskarte, weshalb der Briefträger klingeln mußte, um das Strafporto einzuziehen, und das Hausmädchen selbst hat geöffnet und das Strafporto bezahlt und den scheuen Postboten nett gefunden und er sie auch und so fort, und die Mutter hat sich später nicht mehr an den Absender oder die Absenderin der Karte erinnern können, obwohl sie ohne das kleine Versehen dieser Person meinem Vater nie begegnet wäre, denn eine ausreichend frankierte Ansichtskarte hätte er in den Briefkasten geworfen und wäre weitergegangen mit allen Konsequenzen, die für mich und also für dich damit verbunden gewesen wären – fast so unermeßliche Konsequenzen, wie sie die unterfrankierte Ansichtskarte gezeitigt hat, und so fort von Geschlecht zu Geschlecht, immer vorwärts, immer vorwärts in Richtung des letzten Lochs, aber mit wichtiger Miene, nicht wahr, und schneidig. Hüte den Ohrclip, und bleib mir zugetan, auch wenn das Fleisch in Bälde von meinen Ärmchen fällt.

Geh, sagte ich im Aufstehn, du bist im besten Alter. – Im besten Alter einer Eintagsfliege, sagte er, darf ich dich noch begleiten bis zum Taxistand?

Auf dem Gehsteig knirschte der gefrorene Schneematsch, ich hängte mich bei Vater ein. Weißt du, sagte ich nach einer Weile, ich sähe dich so gern ein wenig glücklicher. – Er blieb stehen. Er fragte: Kannst du erraten, welches mein vorletzter Satz sein wird, ich meine vor dem Ende? – Keine Ahnung, sagte ich. – Das also ist alles gewesen, sagte der Vater. – Tönt nicht begeistert, sagte ich. – Ist ja der vorletzte, sagte er. – Und der letzte? fragte ich gespannt, wie wird der letzte lauten? – Komm, sagte er und zog mich weiter, morgen ist auch ein Tag.

21

Ob es eine Unart oder eine Tugend ist, innere und äußere Vorgänge und ihre Wechselwirkung zergliedernd zu begleiten, weiß ich nicht, ich weiß nur, daß ich es immer getan habe und daß ich einzig und ausgerechnet während der Tage, an denen ich einen Vater und eine Vorgeschichte bekam, kein Bedürfnis dazu verspürte. Ich habe alles hingenommen, empfangend, und selbst der sogenannte Gnadenstand des Vaters war mir kaum eine Überlegung wert. Es scheint, daß meine Empfänglichkeit – vielleicht infolge der vorangegangenen Versiegelung – erhöht war, weshalb mich das Vernommene so erfüllte, daß ich unfähig gewesen wäre, darüber nachzudenken. Kam ich nach dem Zusammensein in meine Wohnung, so war ich zwar nachdenklich, aber ich dachte nicht wirklich nach, vielmehr vergegenwärtigte ich mir das Gehörte noch einmal, ließ Sätze und Bilder vorbeiziehen, spürte das Uneindeutige und Wechselhafte meiner Empfindungen – ich sinke, ich steige: mehr hätte ich dazu nicht sagen können –, und irgendwann, meist nach Stunden, griff ich zur Schlaftablette, um meine hellwache Erschöpfung, die mich nur wiederkäuen, aber nicht verdauen ließ, in Müdigkeit umzuwandeln.

Nach dem letzten und längsten Treffen war es ein wenig anders. Einerseits machte ich mir, als ich mit einer Bettflasche auf dem Schoß am Stubentisch saß, plötzlich Gedanken über die Verfassung und das Verhalten des Vaters, merkte aber rasch, daß es mir fast unmöglich war, mich im Chaos der Zeichen zurechtzufinden und zu einer Deutung zu kommen, wobei ich nicht ausschließen durfte, daß mir das Auge fehlte für die mögliche Logik des Wirrwarrs. Ich brachte, um nur ein Beispiel zu nennen, die Heiterkeit und die Lebendigkeit, die der Vater oft ausstrahlte, nicht zusammen mit den Äußerungen über sein scheinbar so baldiges Ende, und mit einer gewissen Sorge fragte ich mich, ob er in Gefahr sei, es eigenhändig herbeizuführen.

Andrerseits dachte ich jetzt nach über ein Gefühl, das mich seit unserer Verabschiedung am Taxistand beschattete und mein Vertrauen in den Boden, auf dem ich bislang mit beiden Beinen zu stehen und zu gehen pflegte, untergrub. Dünnes Eis: So läßt sich das Gefühl beschreiben. Oder: Ich hänge an einem Faden. – Ausgerechnet jetzt, dachte ich, wo mich der Vater bekannt gemacht hat mit meinen Wurzeln, mir sozusagen den fehlenden Sockel gab, wird aus dem straffen ein schwankender Gang. Wie widersinnig. Wie folgerichtig: Müßte nicht jedes Geschöpf, das auch nur einen Bruchteil der Umstände und Ursachen seiner Entstehung überblickt, in einen Schwindelzustand geraten? Ist Gleichgewicht nur ein Symptom der Ahnungslosigkeit?

Über vieles, dachte ich, möchte ich mit Vater reden, denn eigentliche Gespräche haben wir kaum geführt, zu versponnen war der eine, zu eingelullt die andere. Jetzt, wo ich weiß, was ich von ihm zu wissen verlangte, jetzt, wo er spüren sollte, daß es keiner Lockmittel mehr bedarf, damit ich ihn aufsuche, jetzt könnte etwas anderes beginnen. Und da mir nach jedem Zusammensein in seiner Höhle gewesen ist, als hätte ich geträumt und die Gestalt im schwarzen Morgenrock nicht wirklich wahrgenommen, muß ich den Vater fürs erste aus der Höhle holen. Morgen ist auch ein Tag, hat Vater gesagt. Gut, abgemacht, ich werde ihn – Schnee hin und Eisluft her – zu einer Wanderung verführen.

Aber morgen war kein Tag. Ich läutete dreimal kurz an der Wohnungstür, er öffnete nicht. Ich wartete eine Weile, versuchte es nochmals, versuchte es mit Klopfen, es öffnete niemand. Ich hörte auch keine Geräusche. Vielleicht war er einkaufen gegangen, obwohl ich ihm diese Tortur, wie er es nannte, abgenommen hatte und er damit rechnen durfte, daß ich ihm jedesmal etwas mitbrachte. Vielleicht hatten ihm die paar nächtlichen Schritte zum Taxistandplatz wieder Lust auf Bewegung und frische Luft gemacht, und er war einfach unterwegs. Und vielleicht schlief er tief. Es war halb vier, ich stellte die Tragtasche vor die Tür. Von seiner Post hatte ich immer die Finger gelassen, auch wenn der Briefkasten – einer von sechsen unten im Flur – überquoll. Jetzt, ich sah es beim Verlassen des Hauses, schien der Briefkasten leer. Ich setzte mich in ein nahes Café.

Nach einer Stunde stand ich erneut vor verschlossener Tür, die Tasche war unberührt, ich ließ sie stehn und fuhr nach Hause, beunruhigt, aber nicht deshalb, weil ich den Vater nicht hatte erreichen können, sondern weil meine Enttäuschung darüber so stark war, daß ich mich fragen mußte, ob ich womöglich schon abhängig sei. Ach was, man ist immer enttäuscht, wenn etwas ausbleibt, worauf man sich innerlich eingestellt hat.

Da mir kalt war, nahm ich ein Bad, im Bad fiel mir ein, daß es unzulässig gewesen war, die Redensart »Morgen ist auch ein Tag« als Abmachung zu verstehen, und daß es mir guttun würde, wieder einmal einen Abend für mich allein zu haben. Später, nachdem ich gegessen hatte, wollte sich keine Geruhsamkeit einstellen. Ich langweilte mich. Ich glaube, ich langweilte mich, ich ging schon kurz nach neun zu Bett, las noch ein wenig, langweilte mich und war erleichtert, als plötzlich das Telefon läutete. Es ist ihm also nichts geschehen, dachte ich, während ich aufsprang. Endlich, sagte Josef, endlich tönt deine Stimme wieder munter, bist du okay? – Ich bin okay, sagte ich und bezahlte die Floskel mit Gänsehaut. – In zehn Minuten bin ich bei dir, sagte Josef. – Ich habe schon geschlafen, log ich, außerdem bin ich unwohl, log ich. – Ja dann, sagte er.

Am anderen Tag fühlte ich mich wie jeden Sonntag ein wenig belästigt von allzu vernehmlichem Glockengeläute, aber der Himmel war blau, die Stadt weiß überflockt und das Gemüt recht aufgeräumt. So selbstverständlich, wie ich gefrühstückt und mich angekleidet hatte, so selbstverständlich, so ohne bewußten Willensentscheid verließ ich gegen Mittag das Haus und setzte mich ins richtige Tram. Die Tasche war weg, der Vater war ebenfalls weg, oder er schlief wieder tief, oder er wollte nicht öffnen. Wenn er den Wunsch hatte, für eine Weile in Ruhe gelassen zu werden: warum sagte er es mir nicht? Ich hätte es doch begriffen, ich hätte mich bemüht, es zu begreifen. Warum hinterließ er nicht wenigstens ein Zettelchen? Ich war verstimmt, aber ich nahm ihn zugleich vor meiner Verstimmung in Schutz. Ich war auch besorgt, aber zeugte die Sorge nicht davon, daß ich ihn schon bemutterte?

Ich überlegte, wie ich mir einen innerlich unruhigen Nachmittag ersparen könnte, und ich entschloß mich, nach Luzern zu fahren und die Großmutter zu besuchen, die ich umständehalber seit Wochen nicht mehr gesehen hatte. Am Hauptbahnhof zauderte ich, und bevor ich die Fahrkarte kaufte, versuchte ich, ohne viel Zuversicht zwar, den Vater telefonisch zu erreichen. Vielleicht hatte er das Kartonstücklein zwischen den Resonanzglocken seines Apparats inzwischen entfernt und ließ sich vom Läuten des Telefons eher beeindrucken als von jenem der Hausglocke.

Das Unverhoffte blieb aus, ich fuhr nach Luzern. Die Großmutter sagte als erstes: Schade, daß du immer nachts kommst. – Ich sagte, draußen scheine die Sonne, und fragte, ob sie Lust auf einen Spaziergang hätte. – Lena, sagte sie, mit diesem Typ kommst du auf keinen grünen Zweig. – Ich bin Julia, deine Enkelin, sagte ich. Sie lächelte mich verlegen an. Ich half ihr in die Schuhe und in den Wintermantel. Eine Pflegerin öffnete uns die immer abgeschlossene Tür zum Foyer des Heims. Im Freien, wir trippelten Arm in Arm, erinnerte sich die Großmutter an mich. Weißt du, Julia, sagte sie, von mir aus hättest du deine Zöpfe abschneiden dürfen, aber Großvater hat halt regiert, kochst du auch gut für ihn? – Es fehlt ihm an nichts, gab ich zur Antwort und fragte sie dann, ob sie sich noch daran erinnern könne, wie sie ihn kennengelernt habe. Sie sagte nach langem Studieren: Es ist mit Herrgottshilfe geschehen. – Näheres wußte sie nicht.

Auf der Rückfahrt nahm ich mir vor, mit Herrgottshilfe nicht alt zu werden. Und in Zürich nahm ich mir vor, nach Hause zu fahren, stieg aber ins Tram, das in die entgegengesetzte Richtung fuhr. Es dämmerte. Daß kein Licht brannte in der Wohnung des Vaters – ich sah es von der Straße aus –, hatte nichts zu bedeuten, er saß ja gern im Dunklen. Ich läutete in kurzen Abständen, etwa fünf Minuten lang, und schämte mich meiner Hartnäckigkeit. Plötzlich öffnete sich die Tür der gegenüberliegenden Wohnung. Wo brennt's? schrie ein älterer, kahler Mann. – Entschuldigung, sagte ich, ich kann Herrn Steinbach seit längerem nicht erreichen, haben Sie ihn zufällig gesehen, ich meine kürzlich? – Wie? fragte er und trat nahe an mich heran. Ich sah, daß er ein Hörgerät trug, und wiederholte die Frage lauter. Er zuckte mit den Schultern. Die Leute kommen und gehen, sagte er, man achtet nicht darauf. – Danke, sagte ich, und er zog sich zurück. Ich riß ein Blatt aus meinem Notizbuch und schrieb darauf: Bitte bald! – Lächerlich, dachte ich, zerknüllte das Blättchen und floh.

Träume, an die ich mich beim Aufwachen nicht mehr erinnerte, mochten dazu beigetragen haben, daß sich die Vorahnungen, mit denen ich eingeschlafen war, über Nacht in Gewißheit verwandelten. Der Vater war tot. Und hätte ich seine Andeutungen, die sich jetzt, während ich mit unbegreiflichem Gleichmut Kaffee trank, in meinem Kopf zu versammeln begannen, ernster genommen, so würde er vielleicht noch leben.

Unfähig, etwas zu unternehmen, saß ich herum. Von Zeit zu Zeit befahl ich mir, meinem Gefühl zu mißtrauen, mich nicht blindlings hineinzusteigern in die Vorstellung des Fatalsten. Dreimal innerhalb von zwei Tagen war ich vor verschlossener Tür gestanden, und kein vernünftiger Mensch durfte daraus ein Recht auf Besorgnis ableiten. Es gab doch Zufälle, es war doch möglich, zum Beispiel, daß der Vater gerade dann auf der Toilette war, wenn ich läutete, so wie mich früher meine Großmutter, obwohl ich zu unregelmäßigen Zeiten aß, fast regelmäßig dann anrief, wenn ich am Essen war.

Den dürftigen Erfolg meiner Selbstberuhigungsversuche erkannte ich, als ich um drei Uhr mittags – mit Mutters Clip am Ohr und einem Veilchensträußchen in der Hand – die Klingel betätigte, zitternd horchte, zitternd wartete, ein paarmal den Türgriff drückte und dann, nachdem ich die Veilchen auf die Schwelle gelegt hatte, auf Beinen, die mich kaum noch tragen wollten, abzog.

Zu Hause habe ich eine Tafel Schokolade gegessen, weiße, und mich zusammengenommen. Ich habe, statt die Polizei oder einen Schlosser oder beides aufzubieten, noch einmal alles sowohl im Kopf erwogen als auch im Herzen bewegt. Und dabei ist mir plötzlich das kleine graue Sätzchen eingefallen, mit dem der Vater geantwortet hatte, als ich ihn einmal nach seiner Zukunft fragte: Wahrscheinlich bleibt man ein Mitknecht.

Nein, habe ich gedacht, das ist die abwegigste Spur. Trotzdem habe ich die Firma angerufen. Bitte warten Sie einen Moment, hat ein Tonband gesagt und mich mit Mozart hingehalten. Dann bin ich mit Frau Zell verbunden worden, der Sekretärin des Vaters. Tut mir leid, hat Frau Zell gesagt, er ist eben aus Stuttgart zurückgekommen und konferiert zur Zeit mit Doktor Dubs und der Geschäftsleitung. – Wie geht es ihm denn? habe ich nach einer Pause gefragt, und nach einer Pause hat Frau Zell gesagt: Ach, Sie meinen wegen seiner Grippe, ich kann Sie beruhigen, er scheint sehr auf dem Damm, darf ich ihm etwas ausrichten? – Ja, bitte, habe ich gesagt, er soll mich bitte anrufen, sobald es ihm möglich ist. – Geht in Ordnung, hat sie gesagt, und ich habe zu warten begonnen. Gegen Mitternacht habe ich zu warten aufgehört und den Koffer gepackt, langsam, versonnen, fast schlafend schon.

Markus Werner im dtv

»Eines der eigenwilligsten Erzähltalente der deutschsprachigen Gegenwartsliteratur.«
Der Spiegel

Zündels Abgang
Roman
ISBN 3-423-10917-3
Das Ehepaar Zündel hat getrennt Urlaub gemacht. Als Konrad heimkehrt, bereitet ihm Magda einen sehr reservierten Empfang. Zündel plant seinen Abgang.

Froschnacht
Roman
ISBN 3-423-11250-6
Franz Thalmann ist Pfarrer, Ehemann und Familienvater, bis eines Tages sein Reißverschluß klemmt ... »Ein heimlicher Zeitroman, der Dinge und Geschehnisse benennt, die nur scheinbar weit weg von uns sind ... Den Schuß ins Herz spürt man erst später.« (Frankfurter Rundschau)

Die kalte Schulter
Roman
ISBN 3-423-11672-2
Moritz, Kunstmaler, lebt von Gelegenheitsarbeiten. Sein einziger Halt ist Judith, die einen sicheren Beruf und einen gesunden Menschenverstand hat.

Bis bald
Roman
ISBN 3-423-12112-2
Lorenz Hatt, Denkmalpfleger, lebt mehr oder weniger unbekümmert vor sich hin – bis sein Herz schlappmacht ... »Erneutes Staunen, Spannung, Vergnügen an Werners Lakonik und Komik.« (SZ)

Festland
Roman
ISBN 3-423-12529-2
Sie leben beide in Zürich, doch sie kennen sich kaum. Eines Tages aber kommen der Vater und seine nichteheliche Tochter ins Gespräch. »Was mich berührt hat: der wunderbare Ton dieses Buches.« (Marcel Reich-Ranicki)

Der ägyptische Heinrich
Roman
ISBN 3-423-12901-8
Eine faszinierende Spurensuche: Familiensaga, Reisebericht, historischer Roman und viel mehr. »Spannend, intelligent, witzig.« (Thomas Widmer in ›Facts‹)